HAYMONverlag

Alfred Komarek

Alt, aber Polt

Kriminalroman

Die Geschichte spielt im niederösterreichischen Weinviertel. Ortschaften und Menschen im Wiesbachtal stammen aus der Welt der Fantasie, und alles ist nur insofern wirklich, als es wirklich sein könnte.

Auflage:
6   5   4
2018 2017 2016

© 2015
HAYMON verlag
Innsbruck-Wien
www.haymonverlag.at

Alle Rechte vorbehalten. Kein Teil des Werkes darf in irgendeiner Form (Druck, Fotokopie, Mikrofilm oder in einem anderen Verfahren) ohne schriftliche Genehmigung des Verlages reproduziert oder unter Verwendung elektronischer Systeme verarbeitet, vervielfältigt oder verbreitet werden.

ISBN 978-3-7099-7177-2

Umschlag- und Buchgestaltung nach Entwürfen von
hœretzeder grafische gestaltung, Scheffau/Tirol
Umschlag: hœretzeder grafische gestaltung, Scheffau/Tirol
Satz: Da-TeX Gerd Blumenstein, Leipzig
Umschlagbild: Kurt-Michael Westermann
Zeichnung S. 55: Eva Kellner

Gedruckt auf umweltfreundlichem,
chlor- und säurefrei gebleichtem Papier.

Mannsbilder

Simon Polt hing seinen Gedanken nach, und weil er vertraut mit ihnen war, ließ er sie achtlos laufen, eins werden mit den schütteren Schatten ringsum. Obwohl es draußen noch einigermaßen hell war an diesem späten Nachmittag im Oktober, hatte Polt die Tür seines Presshauses zugemacht, weil er Ruhe haben wollte. Nur eine kleine Fensteröffnung ließ Licht herein, und oben waren dort, wo die Dachziegel lose aneinanderlagen, helle, dünne Streifen im Dunkel zu sehen.

Der gewesene Gendarm saß da, schaute auf seine Hände und war sich selbst genug. Genug? Ja doch, hier schon, in einem Gebäude, das ihm gehörte, umgeben von Dingen, die er mochte. Aber zwischen den Menschen und in den Dörfern war vieles verloren gegangen, das auch für sein Leben wichtig und erfreulich war. Na und? Polt spürte etwas wie zärtliche Wut in sich. Der Kirchenwirt hatte zugesperrt. Ja, dann galt es eben, ihn mit Hilfe tatkräftiger Freunde trotzdem offen zu halten, wenigstens an Wochenenden. Aloisia Habesam, die unbestritten gut sortierte Anbieterin von gemischten Waren und Gerüchten, war gestorben. Jetzt handelte Simon Polt an ihrer Stelle, und zwar erfolgreich, zum eigenen Erstaunen. Es gab kaum noch Weinbauern in den Kellergassen. Was blieb ihm demnach anderes übrig, als unter kundiger Anleitung selbst Weinbauer zu werden, und zwar einer, der die hölzerne Weinpresse in Ehren hielt und das Fass im Keller?

Polt hob den Kopf. Die Presshaustür bewegte sich und gemessenen Schrittes traten Friedrich Kurzbacher, Sepp Räuschl und Christian Wolfinger ein.

Unziemliche Eile war ohnehin nicht am Platz und hätte die drei Männer wohl auch ein wenig überfordert. Sepp Räuschl hatte vor ein paar Wochen seinen fünfundachtzigsten Geburtstag gefeiert, dachte allerdings nicht daran, in brüchiger Würde zu vergreisen. Zwar war er schon seit einiger Zeit mit einem Gehstock unterwegs, verwendete ihn aber hauptsächlich als Ausdrucksmittel seines cholerischen Temperaments. Wenn er im Wirtshaus wacker getrunken hatte, drosch er gerne mit dem Stock auf den Tisch ein, krächzte: „Die Jungen halten nichts aus!", und bestellte einen Schnaps, um die Sache abzurunden.

Friedrich Kurzbacher hingegen, kaum ein Jahr jünger, hatte in den vergangenen Monaten mit erstaunlicher Tatkraft und mürrischem Eifer Simon Polt die Grundlagen des Weinbaus beigebracht. Jetzt war das kleine Fass im Keller gefüllt und die Gärung abgeschlossen. Feierlich hatten Lehrer und Schüler den jungen, noch trüben Wein verkostet. Nach einer guten Weile vielsagenden Schweigens war dann Kurzbachers Urteil zu hören gewesen: „Viel bringt nicht zusammen, Simon. Aber trinken kann man ihn." Polt hatte diesen derben Ritterschlag mit großer Erleichterung empfangen. Immerhin sah er seinen Siebziger vor sich, und es war an der Zeit, endlich das zu tun, was er schon immer tun wollte.

Christian Wolfinger, eben erst fünfundsechzig geworden, also unverschämt jung, war indes schon immer mit Leib und Seele Jäger gewesen. Seine mit bemerkenswerter Beiläufigkeit ausgeübten Brotberufe hatten aber am Ende sogar eine bescheidene Pension gebracht. Jetzt konnte er endlich ohne lästige Zeitvergeudung das scheue Wild hegen, pflegen und lustvoll erlegen. Ein einziges Indiz deutete darauf hin, dass es auch Wolfinger ein wenig gemächlicher anging: Früher hatte er, auf dem Fahrrad zwischen Dorf und Kellergasse unterwegs, seine drei Hunde an den Leinen hinter sich hergezogen. In letzter Zeit liefen sie immer öfter voran und der Jäger hielt auch einmal inne und ließ sich ein Stück des Weges ziehen.

Die Männer nickten einander zu, redeten aber nicht, weil es vorerst nichts zu sagen gab. In den letzten Jahren hatte sich ein stummes Ritual eingetieft: Jeden ersten Sonntag im Monat trafen die vier Freunde in Polts Presshaus zusammen. Friedrich Kurzbacher holte aus seiner hellbraunen Kunstleder-Einkaufstasche Brot, scharfe Ölsardinen, Räucherspeck und fetten, stark riechenden Käse. Sepp Räuschl deckte den Tisch mit Gläsern, hölzernen Schneidbrettern und Messern, Christian Wolfinger tat vorerst nichts. Als dann die beiden anderen fertig waren, stellte er seinen Rucksack auf die Sitzbank, stieß einen bedeutungsvollen Pfiff aus, lächelte geheimnisvoll und holte endlich zur geringen Überraschung seiner Freunde eine Flasche Trebernschnaps hervor.

„Da schau her", brach dann der Kurzbacher das Schweigen. Polt zündete eine Kerze an und griff zum Weinheber. Er freute sich schon lange auf diesen Augenblick. Bisher hatte er immer irgendeine Flasche aus dem Keller geholt. Diesmal war es sein eigener Wein, der erste, den er gekeltert hatte.

Er trat ins Freie. Sein Presshaus stand am oberen Ende der langen, sacht ansteigenden Kellergasse von Burgheim. Aus einiger Entfernung war Musik zu hören. Polt achtete nicht darauf, nahm von welkem Laub bedeckte Stufen vorsichtig unter die Füße, öffnete die Kellertür und holte tief Atem. Der Geruch hier war ihm natürlich vertraut: So rochen alte Kirchen und alte Wirtshäuser, wenn sie eins wurden unter der Erde. Seit ein paar Wochen war in seinem

Keller aber auch junger, ungebärdiger Wein im Spiel, brachte Leben ins stille, kühle Dunkel. Das hatte es seit vielen Jahren nicht mehr gegeben.

Unten angekommen, stellte Polt die Kerze auf den Lössboden, nahm den Spund vom Fass, füllte den geräumigen Weinheber, verschloss die Öffnung des Glasrohres mit dem Zeigefinger und ging nach oben. Dort ließ er ruhig und gekonnt den Grünen Veltliner in die Gläser rinnen, setzte sich, nahm den Weinheber in die linke Hand und lehnte ihn an den Oberkörper. Er hob sein Glas. „Prost, alle miteinander!" Die vier senkten die Nasen, kosteten und tranken. Sepp Räuschl, der Durstigste in der Runde, hatte sein kleines Glas bald geleert. Polt füllte es wieder. „Und? Was sagst?"

„Nichts sag ich." Sepp Räuschl trank und neigte den Kopf.

„Warum?"

„Weil ich ihn sonst loben müsste, deinen Wein. Bist du am Nachmittag in der Kellergasse gewesen, Simon?"

„Nein. Heute war ich ja im Kirchenwirt an der Reihe. Um fünf hab ich dann zugesperrt und bin gleich hierher gegangen. Zu laut für mich, das alles."

„Was jetzt? Dann jammerst du wieder, dass es viel zu still geworden ist in der Kellergasse."

„Stimmt schon. Aber die blöde Musik aus den Lautsprechern passt nicht hierher und die Marktfahrer könnten ihr Zeug ruhig anderswo verkaufen. Bauernmarkt? Sehr originell. Hast irgendeinen Bauern aus dem Dorf gesehen, Sepp?"

„Lass mich nachdenken. Der alte Karl Haupt hat ein paar Säcke Erdäpfel vor sein Presshaus gestellt. Das letzte Mal, hat er mir erzählt. Er tut sich das nicht mehr an. Ich hab nicht aufgesperrt, weil's ja keinen Flaschenwein bei mir gibt. Und auf die siebengscheiten Bemerkungen von ein paar dahergelaufenen Weinkennern kann ich verzichten. Der Höllenbauer hat Gäste im Presshaus und im Keller gehabt. Der weiß schon, wie's geht, und versteht was vom Wein. Aber die großen Fässer in seinem Keller ... alle leer, Simon, alle leer, nichts wie Stahlzisternen und technisches Zeug in der Halle hinten im Hof. Ja, und der Hannes Eichinger, unser Größter und Bester und Gscheitester, der war sich zu gut für die Kellergasse. Nur seine Tochter, die Laura, hat Einladungen verteilt: in die Weinlauntsch oder wie das heißt. Aber sonst war schon viel los. Autobusse sind gekommen und dann sind die Leute scharenweise durch die Kellergasse gezogen."

„Aber schon auch welche aus Burgheim?"

„So ziemlich alle, glaub ich. Die kommen halt, weil endlich wieder einmal was los ist in unserer ruhigen Gegend. Sogar die strammen Greise vom Kameradschaftsbund sind ausgerückt, streng auf Kommando, in Reih und Glied. Vor dem Presshaus vom Bayer Bertl, ihrem Vereinslokal, hat's dann ‚rührt euch!' geheißen. Der Befehl zum Kampftrinken, verstehst, Simon?"

„Und sonst?"

„Na, die Dorfmusik ist aufgetreten und war bald einmal weg und beleidigt, weil keiner daran gedacht hat, die Lautsprechermusik auszuschalten. Der Bürgermeister hat geredet, der Pfarrer ist gekommen, hat aber nichts sagen wollen, und im Weinstadl hat's was für die Jungen gegeben. Dann war da noch ein Feuerwerk, sehr schön und sehr teuer, denk ich mir. Und noch allerhand hat sich abgespielt, frag mich nicht, was genau. Was ist da im Heimatblatt gestanden, Christian?"

„‚Herbstzauber. Ein unvergesslicher Event in der Burgheimer Kellergasse'. Alles ist heutzutage ein

Event. Der Feuerwehrheurige, die Sparvereinssitzung und das Kaffeekränzchen vom Kleintierzüchterverband. Mir egal. Aber es muss halt englisch sein, sonst ist es nichts. Die Kellergasse ist ja auch nicht mehr, was sie war, sondern eine Lokeischn. Kommst du da mit, Simon? Du hast ja eine gscheite Frau und zwei Kinder, die was lernen."

„Hab ich derzeit nicht, Christian. Zwei Wochen Schulreise nach London, und die Karin ist mitgefahren, weil sie ihr Englisch auffrischen will."

„Für wen und für was?"

„Frag mich was Leichteres."

Friedrich Kurzbacher stellte hörbar sein Glas auf den Tisch. „Eine andere Zeit. Früher war jedes Dorf im Wiesbachtal seine eigene Welt. Jetzt ist die Welt wie ein Dorf, und die Amerikaner, die Eskimos und die Chineser sind unsere Nachbarn. Und alle reden's Englisch."

Räuschl grinste. „Die Krimmel Hilda und der Georg, ihr Mann, haben heute Nachmittag aber auf Deutsch gestritten, dass die Fetzen nur so geflogen sind. An ihrem Stand hat's Zwiebelschmalzbrote und Punsch gegeben. Alle, die nicht mehr auf die Sauferei im Advent warten wollten, waren also schon jetzt besinnlich, aber ordentlich. Einer hat dann der Hilda auf den Hintern gegriffen, obwohl sich das nicht gehört und es sich auch nicht wirklich auszahlt bei ihr. Der Georg hat ihm brennheißen Punsch ins Gesicht geschüttet, die Hilda wollt sich das Geschäft nicht verderben lassen und hat ihren Mann einen blöden Hund geschimpft, der sowieso nichts mehr zusammenbringt. Das hat der Georg nicht auf sich sitzen lassen und ihr ein paar Watschen verpasst, worauf ihn die anderen Männer verprügelt haben, bis er still dagelegen ist. Als er wieder bei sich war, haben sie ihm einen Punsch eingeflößt, zur Belebung. Ich möcht nicht wissen, wie das noch weitergeht, heute."

„Und ich bin froh, dass ich damit nichts mehr zu tun habe." Simon Polt schaute auf den leeren Weinheber, stand auf und begab sich in den Keller.

Traumzeit

Wie an jedem dieser Abende gab es irgendwann nichts Neues mehr zu bereden und nichts Altes mehr aufzuwärmen. Ein behäbiges, aber doch drängendes Schweigen machte sich breit. Zeit demnach, das anfängliche Ritual in umgekehrter Reihenfolge abzuwickeln. Christian Wolfinger hob grinsend die Flasche mit dem Trebernschnaps, schenkte ein und steckte sie dann in den Rucksack. Nachdem alle getrunken hatten, räumte Sepp Räuschl die Jausenbretter, Messer und Gläser in einen blauen Plastikbottich, Friedrich Kurzbacher packte die übriggebliebenen Nahrungsmittel in seine Einkaufstasche und Simon Polt stand auf, um den Weinheber an einen Nagel neben der Tür zu hängen. Dann bat er seine Gäste hinaus und die Nacht herein. Das gefiel ihm gut so: In seinem Presshaus gab es kein elektrisches Licht und die Kerzen schafften die Dunkelheit nicht ab, sondern schufen in ihr eine kleine Höhle, groß wie die Welt. Polt ließ die Zeit verrinnen. Er hatte mehr als genug davon.

Endlich entsann er sich seiner häuslichen Pflichten und nahm mit gebotener Vorsicht einen museumsreifen Spirituskocher in Betrieb. Dieses Gerät gehörte zu jenen unzähligen Merkwürdigkeiten, die Ignaz Reiter in seinem Presshaus angehäuft hatte. Jetzt war Simon Polt hier zuhause und lebte auf seine Weise ein erloschenes Leben weiter. Er stellte einen mit Wasser gefüllten Topf auf die Flamme und wartete geduldig, bis Dunst aufstieg.

Bald darauf walteten wieder Sauberkeit und Ordnung zwischen seinen vier Wänden. Polt nickte zufrieden, löschte die Kerzenflammen aus und wandte sich zum Gehen. In der geöffneten Tür zögerte er.

Irgendetwas hielt ihn zurück, zog ihn gebieterisch ins dunkle Presshaus. Auch gut. Er griff zum Weinheber, dem „Dupfa". Im Keller angekommen, ging er nicht gleich zum Fass, sondern verharrte dort, wo er dereinst „Eigen: Simon Polt" in die Lösswand geritzt hatte. Gut zwanzig Jahre war das her. Oder noch länger? Damals war er Gendarm gewesen. Heute war er Weinbauer. Mit dem Daumennagel grub er einen dicken Strich unter die Inschrift.

Er ging nach oben, setzte sich an den Tisch, füllte sein Glas, kostete nunmehr ganz ruhig und ungestört, trank und schloss die Augen, weil er sich dabei zuschauen wollte, wie er still Zwiesprache hielt mit seinem Presshaus und seinem Wein. Oh ja, dieses Bild konnte ihm gefallen. Er öffnete die Augen und schaute sich um. Alles hier war für ihn im schönsten Sinne wunderlich. Unzählige Bilder gab es: herausgetrennte Seiten aus alten Kinderbüchern, Kalenderheilige, vergilbte Ansichtskarten. Der gute alte Kaiser blickte backenbärtig auf Polt hernieder, schnörkelige Urkunden ehrten die Verdienste längst Verstorbener, im Halbdunkel war bäuerliches Arbeitsgerät zu erahnen. Polt hatte sich redlich bemüht, Ignaz Reiters Erbe zu bewahren. Mit einer besonderen Arglist des alten Spitzbuben hatte er allerdings aufgeräumt: Wer dereinst das Presshaus betrat, sah sich einem gusseisernen Grabkreuz gegenüber, umringt von sehr gottesfürchtigen und hohlwangigen Asketen. Hinter der Weinpresse verbargen sich allerdings Bilder von aufreizend leicht geschürzten Damen. Jetzt schauten die Schönen, neckisch die Röcke raffend, ins Licht und das Grabkreuz mit seinem Gefolge verharrte in angemessener Demut im Dunkel.

Nach einer gar nicht so kleinen Ewigkeit entschloss sich Polt dann doch zum Aufbruch und trat ins Freie.

Die Tür des Presshauses öffnete sich zu einer Wiesenfläche, die an eine kleine Steilwand aus Löss grenzte. Darüber zeichneten sich Rebstöcke schwarz gegen den helleren Himmel ab. Polt atmete tief die kühle Nachtluft ein und spürte feinen Rauch in der Nase, Rauch von Buchenholzscheitern, mit denen die Bäuerinnen im Dorf ihre Küchenherde fütterten. Talwärts führte ein an den Rändern dicht bewachsener Hohlweg an den Rückseiten der Presshäuser vorbei zur Kellergasse. Dort angekommen, blieb Polt erst einmal stehen. Vereinzelt waren Stimmen zu hören, aber die Musik aus den Lautsprechern war verstummt. Einige von den kleinen Fensteröffnungen der Presshäuser waren noch hell, da und dort fiel Licht aus geöffneten Türen. Die Fackeln, mit denen man glaubte, die Kellergasse dekorieren zu müssen, waren fast alle erloschen. Unten im Tal sah Polt die langgezogenen Lichterketten der Dörfer, daneben kleinere Gruppen neu gebauter Häuser. Ein wenig abseits der Kellergasse, ungefähr dort, wo der Friedhof lag, bewegten sich helle Punkte in der Dunkelheit, dazwischen bemerkte Polt ein merkwürdig farbiges Aufflackern. Wahrscheinlich irgend so ein elektronisches Spielzeug. Seine Frau erzählte ihm ja hin und wieder, was es da so alles gab, auch schon im Kindergarten. Wozu selbst spielen, wenn man ein Gerät hatte, das einem was vorspielte?

Langsam setzte Polt seinen Weg fort. Derzeit gab es ja niemanden, der auf ihn wartete. Frau und Kinder würden erst in knapp zwei Wochen heimkehren. Und sein ebenso dicker wie selbstbewusster Kater, Czernohorsky mit Namen, war schon vor einigen Jahren für immer gegangen. Seiner ausgeprägten Wesensart folgend, hatte er das an sich betrübliche Lebensende durchaus stilvoll und lustbetont inszeniert. Als eine seiner vierbeinigen Favoritinnen merklich Sehnsucht verspürte, näherte sich Czernohorsky, wartete gelassen das hitzige Treiben jüngerer Nebenbuhler ab, um endlich mit gereifter Leidenschaft ans Werk zu gehen. Anschließend kam er ermattet nach Hause, schlief ein und wachte nicht mehr auf.

Der Klang einer dünnen, melancholisch verirrten Frauenstimme holte Polt aus seinen Gedanken. Er ging neugierig auf ein Presshaus zu, von dem er wusste, dass es einer Wienerin gehörte, die ins Wiesbachtal gezogen war: eine Schauspielerin, angeblich berühmt gewesen und nunmehr bemüht, das flache Land mit ihrer Kunst zu erhöhen. Mira Martell nannte sie sich. Polt schaute durch den Türspalt, sah leere Sesselreihen und einen Lehnstuhl, in dem die ältere Frau saß.

„Und warf den heil'gen Becher hinunter in die Flut", hörte er sie singen. Dann kippte ihre Stimme, brach ab, der Kopf sank an die Brust. Polt erschrak ein wenig, klopfte und trat ein. „Ist was? Kann ich helfen?"

Frau Martell hob den Kopf und lächelte dem Besucher zu. „Die Augen täten ihm sinken. Trank nie einen Tropfen mehr." Sie schaute auf das leere Glas in ihrer Hand. „Wenn Sie in der Schule aufgepasst haben, Herr Polt, kennen Sie diese Zeilen: ‚Es war ein König in Thule …'"

„Ja, ich kann mich so ungefähr erinnern. Vor allem, weil ich mich als Bub immer gefragt habe, was eine ‚Buhle' ist."

„Das wissen Sie inzwischen hoffentlich. Ich wollte heute mit einer Soiree diesem seltsamen Fest eine künstlerische Note geben. Wenn es ums Trinken geht in den Texten, werden die Leute schon kommen, hab ich gedacht. Ein Irrtum, mein Lieber. Na gut, die Laura hat mir ein paar Minuten zugehört. Aber auch nur aus Mitgefühl, vermute ich."

„Die Laura vom Eichinger?"
„Ja, die. Irgendwie eine verwandte Seele."
„Da schau her. Sehr enttäuscht, wegen heute Abend?"
„Ach wo. Aber leicht angesäuselt, das Leben durchs Veltlinerglas betrachtend."
„Ja dann ..."
„Ja dann!"

Polt hatte eine sterbende Buhle und einen goldenen Becher vor seinem inneren Auge, als ihm ein Geruch in die Nase stieg, der nicht so recht ins Bild passte: verbranntes Papier. Er schaute sich um und sah in einem schmalen Durchgang zwischen Mira Martells Presshaus und dem Gebäude daneben ein Häufchen Asche, dazwischen einen noch glosenden Stapel. Er zog ein halb verkohltes Blatt heraus: Hannes Eichingers Einladung in die Weinlounge. Laura hatte offenbar bald die Lust am Zettelverteilen verloren. Und da war noch was: eine kleine, bunte, aus Wollfäden gewickelte Puppe lag in der Asche. Ohne viel nachzudenken, steckte Polt sie ein. Und Laura? Die zog jetzt wohl mit Freundinnen und Freunden durch die Gegend. Polt gönnte ihr den Spaß, so wie er seinen Heimweg durch eine Kellergasse genoss, in der ausnahmsweise ein wenig Leben war.

Als er sich dem Presshaus von Bertl Bayer näherte, begegnete ihm dieses Leben ein weiteres Mal als Gesangsdarbietung. Ein martialisch-elegischer Altherrenchor intonierte mit hörbar schweren Zungen „Ich hatt' einen Kameraden". Doch schon während der ersten Strophe mischten sich Störgeräusche ins Klangbild. Das Lied erstarb, Polt war akustischer Zeuge einer kurzen, aber heftigen Kampfhandlung. Als er vor der Tür stand, wurde sie aufgestoßen. Junge Leute, nicht mehr ganz sicher auf den Beinen, drängten nach draußen, schoben ihn rücksichtslos zur Seite. Laura war unter ihnen. Die Tür wurde zugeschlagen, innen drehte sich ein Schlüssel im Schloss. Polt klopfte, so laut er konnte, nannte seinen Namen, die Tür blieb zu. Als er den offenbar ungebetenen Besuchern nachschaute, sah er, ein paar Schritte zurückgeblieben, einen, den er zu kennen glaubte. Er rief ihm nach. Der junge Mann stutzte, ging dann aber schneller und verschwand in der Gruppe. Jetzt erst bemerkte Polt starken, um nicht zu sagen aufdringlichen Blütenduft. Er drehte sich zur Seite und sah Mira Martell, diesmal in einen Kaschmirschal von monströser Eleganz gehüllt. „Sie hier?"

„Wo sonst? Immer noch auf der Suche nach Publikum ... Diesmal als ‚femme entretenue'."

„Als was?"

„Als Halbseidene, vulgär gesagt. Sie sehen in mir und riechen an mir die ‚Kameliendame', die beste unter meinen sehr vielen, sehr guten Rollen. Sarah Bernhardt war ich vielleicht keine. Aber verdammt nahe dran."

Polt musterte sie argwöhnisch. „Sie haben viel zu wenig an bei der Kälte. Und morgen sind Sie dann krank."

„Morgen? Ich zitiere: ‚Was liegt daran, ob ein Mädchen wie ich mehr oder weniger in der Welt ist?'"

„Unsinn! Und jetzt kommen S' mit. Wenn Sie möchten, gibt's einen heißen Tee bei mir."

Schweigend gingen die beiden nebeneinander her. Nach ein paar Minuten zupfte die Schauspielerin Polt am Rockärmel. „Da, schauen Sie: ein Geisterballett! Elben, Elfen, wie ich vermute, von ein paar Faunen bedrängt."

Tatsächlich sah nun auch Polt bewegte Schatten auf einer weiß gekalkten Mauer. Aber es war doch windstill ...? Kurz darauf erlosch hinter den Presshäusern eine Straßenlaterne und das Spiel versank im Dunkel. Polt hielt rasch Nachschau, konnte aber nichts entdecken. Langsam gingen sie weiter. Dort, wo die letzten Presshäuser standen und hinter einer dunklen Ackerfläche die Lichter von Burgheim schon nahe waren, blieb Mira Martell stehen und lehnte sich an Polt. „Sie entschuldigen schon, mon cher."

„Ist Ihnen nicht gut?"

„Ganz im Gegenteil. Aber ich hätte gerne mehr Freunde in meinem selbst gewählten Exil. Na ja. Man kann nicht alles haben. Oder vielleicht doch?"

Weiter oben in der Kellergasse zerriss plötzlich laute, verzerrte Musik die Stille. Wenig später sah Polt ein Polizeiauto mit Blaulicht, doch in mäßigem Tempo vom Dorf her in die Kellergasse einbiegen. „Schöner Herbstzauber, das alles", murmelte Polt.

Mira Martell lächelte fein. „Sie waren doch einmal Gendarm, mon cher Polt. Wollen Sie nicht wissen, was los ist?"

„Muss mich nicht mehr interessieren. Außerdem kann ich's mir fast denken."

Dann wurde es still und die Nacht blieb ungestört. Frau Martell hatte sich untergehakt. An der Brücke, die über den schmalen Wiesbach führte, blieb sie stehen. „Darf ich Sie küssen?"

„Nein."

„Dann will ich auch keinen Tee."

Spätnachts stand Polt dann vor dem Haus, das ihm Aloisia Habesam vererbt hatte. Er wohnte seit Jahren mit seiner Familie darin, fühlte sich aber immer noch als Gast. Derzeit, so ganz ohne Mitbewohner, war viel zu viel Platz um ihn, auch zu viel Stille, obwohl er es doch gerne ruhig hatte. Seltsam: Hier war ihm auch nicht nach Wein. Der gehörte ins Presshaus, das jetzt verlassen in der Kellergasse stand. Im Schlafzimmer strich Polt mit der Hand über Karins Bett, wandte sich unschlüssig ab und begab sich in die Gemischtwarenhandlung. Hier war er wenigstens von vielen Bildern und Gerüchen umgeben, wusste sich irgendwie geborgen.

Er nahm hinter dem Verkaufspult Platz, holte eine Schokobanane aus dem Glas, steckte sie in den Mund und spürte, wie er ruhiger wurde. Er war fast eingeschlafen, als er glaubte, ein Geräusch zu hören. „Ja, Frau Aloisia?" Er schaute sich um. Da war nichts, da war niemand. Nur das Bild einer alten Frau mit jungen Augen war in ihm, so lebendig wie stets. „Na, Frau Aloisia", murmelte Polt, „was halten Sie vom Herbstzauber in der Kellergasse?"

Wie zu erwarten, bekam er eine Antwort: „Bsoffene Gschicht, Simon. Und du bist auch nicht mehr nüchtern. Ins Bett mit dir!"

Zwischenzeit

Pünktlich um acht öffnete Simon Polt unter den wachsamen Augen der verblichenen Aloisia Habesam seine Gemischtwarenhandlung. Für ihre machtvolle Präsenz im Diesseits sorgte ein feierlich gerahmtes Gemälde. Polt hatte sich nichts dabei gedacht, als ihn sein Sohn eines Tages um ein Foto von der ehemaligen Dienstgeberin gebeten hatte. Peter, in den Weiten und Tiefen des Internet nicht minder zuhause als im Wiesbachtal, hatte herausgefunden, dass Ölbilder, nach irgendwelchen Vorlagen gemalt, erstaunlich preiswert zu bekommen waren. Damit hatte er ein schönes Geschenk zum 60. Geburtstag seines Vaters gefunden. Seit damals schaute die Kauffrau hoch über Polt hinweg gebieterisch jedem Kunden entgegen und ließ keinen Zweifel daran, wer hier das Sagen hatte, auch wenn es schweigend geschah.

Dennoch hatte Polt einiges verändert, nichts Grundlegendes natürlich: Frau Habesams Lagerhaltung hatte einer in genialischem Überschwang schwelgenden Krämerseele entsprochen. Polts Lagerhaltung begnügte sich mit einem immerhin irgendwie überschaubaren Chaos. Frau Habesams Geschäftsprinzip war hartnäckige Habgier gewesen, Polt begnügte sich mit bescheidenem Gewinnstreben. Außerdem gab es nunmehr ein eigenes Regal mit Produkten aus dem Wiesbachtal und der näheren Umgebung. Natürlich gehörte auch Karins Quittenkäse dazu: sehr fest, mit einer fast schon erschreckenden Zitronennote. Wenn Polt, wie üblich, wochenlang nichts davon verkauft hatte, verzehrte er ihn heimlich und berichtete seiner Frau dann vom reißenden Absatz ihrer Köstlichkeit, nicht ohne anzumerken, dass sie sich mit der Nachlieferung ruhig Zeit lassen könne, er wolle sie ja nicht überfordern.

„Und jetzt nimmst den Besen und kehrst auf. Ein reines Herz und ein sauberer Fußboden gehören zusammen, sag ich immer!" Polt hatte die morgendliche Befehlsausgabe im Hause Habesam noch gut im Ohr. Er murmelte: „Ja, Frau Aloisia", und ging ans Werk. Nach getaner Arbeit warf er einen prüfenden Blick auf das Bildnis der Kauffrau selig und hätte schwören können, dass ihre Miene Anzeichen widerwilligen Wohlwollens zeigte. Dann sah er Friedrich Kurzbacher durch die Tür kommen, diesmal ohne Einkaufstasche. Der alte Weinbauer schaute sich um. „Wie geht das Gschäft, Simon?"

„Heute bin ich noch schwer im Minus. Die einzige Kundschaft bis jetzt war ich: eine Käswurstsemmel."

„Mit Gurkerl?"

„Mit Gurkerl. Und was willst einkaufen, Friedrich?"

„Wir haben morgen Hochzeitstag, den 50., die Frieda und ich."

„Also dass du an so was denkst ..."

„Ich nicht. Die Frieda denkt dran. ,Ich sag's dir lieber', hat sie gesagt, ,weil du ja sonst darauf vergisst. Dann müsst ich beleidigt sein, und die Umständ kann ich mir ersparen.'"

„Eine gescheite Frau, die du da hast. Und was soll es sein?"

„Ich hab mir gedacht, du weißt was."

„Seit wann weiß ich was? Das erfordert eine gemeinsame Geistesanstrengung."

„Trinken wir was?"

„Trinken wir was. Aber Kaffee, um die Tageszeit. Komm mit nach hinten, Friedrich."

Nach eingehender Beratung war Polt in die Tiefe seiner Lagerräume getaucht und kam mit einem sittsam langen Nachthemd aus wärmendem Flanell zurück. „Eigentlich schade, dass nur du sie darin siehst."

„Du musst nicht alles haben, Simon. Warst noch lang im Presshaus, gestern?"

„Ja, schon ... eine Stunde vielleicht. Und auf dem Heimweg ist mir dann diese Schauspielerin untergekommen, Miratel oder so ähnlich."

„Kenn ich nicht, muss neu sein bei uns."

„Seit drei Jahren ungefähr ist sie in der Gegend."

„Sag ich's doch. Wir waren noch beim Höllenbauer im Presshaus und nachher haben wir uns beim Punschstandl umgeschaut, du weißt ja. Die Krimmel Hilda hat ein paar Zähne weniger im Mund gehabt und ihr Mann ein Messer im Bauch, aber nur ein kleines. Als die Polizei mit dem Arzt gekommen ist, haben sich die zwei schon wieder vertragen." Friedrich Kurzbacher stand mit einiger Mühe auf. „Alt sollt man nicht werden."

„Wem sagst du das?" Polt schaute zur Ladentür hin. „Und der da passt irgendwie zum Thema."

„Wer da?"

„Der Erwin Städtner. Unser Totengräber."

Jetzt hatte es Kurzbacher eilig. „Ich geh dann."

„Ganz ruhig, Friedrich. Der Erwin ist ja auch noch Schulwart, Obmann des Radwandervereins und Heurigenwirt in seinem Presshaus."

„Aber den Geruch wird er nicht los, Simon." Kurzbacher versetzte im Vorbeigehen dem vielseitig jenseitigen Mann einen friedlichen Rempler und suchte das Weite. Erwin Städtner grinste und stellte eine große Schachtel auf das Verkaufspult. „Neue Lieferung von der Elisabeth: Marmelade aus eigenen Äpfeln und Weingartenpfirsichen. Mit Zimt, mein Lieber! Wie ich dich kenn, magst kosten."

„Na klar! Das gehört zu den Pflichten eines gewissenhaften Gemischtwarenhändlers."

„Und? Wie schmeckt die Pflicht?"

„Nach mehr. Warst du übrigens gestern bei diesem Kellergassenfest?"

„Keine Zeit. ‚Offene Kellertür' in Brunndorf, und ich war an der Reihe. Jedenfalls ist es schon recht, wenn sich wenigstens irgendwas tut. Die alten Zeiten in der Kellergasse kommen so und so nicht wieder. Nur mit dem Friedhof vertragen sich solche Feste ganz und gar nicht. Fast jedes Mal gibt es Ärger und Arbeit für mich, unbezahlt natürlich. Diesmal waren die Grablichter nicht mehr dort, wo sie hingehören. Vor der Kapelle hab ich die leergebrannten Gläser gefunden und noch ein paar Reste von Feuerwerkskörpern dazu. Wenn junge Leute genug Alkohol oder noch Ärgeres in sich haben, passieren solche Blödheiten. Die Alten saufen ja um nichts weniger. Aber die Toten lassen sie in Frieden ruhen."

„Dann hab ich mich doch nicht getäuscht in der Nacht. Ich möcht nur wissen, was an einem Friedhof so unterhaltsam ist."

„Keine Ahnung, Simon. Aber vielleicht ist denen das normale Leben einfach nicht genug. Es muss halt noch mehr sein, überdrüber, wie mein Bub, der Martin, sagt. Und dann wird auf dem Friedhof gefeiert, todlustig, sozusagen. Und ich darf aufräumen."

„Gehst zur Polizei deswegen?"

„Das werd ich schön bleiben lassen. Die legen einen Akt an, und den begraben sie unter anderen Akten. Ein Aktenfriedhof für den Friedhofsakt. Dem leuchtet garantiert kein ewiges Licht, sag ich dir. Und ich geh dann. Schließlich hab ich ja ein paar Berufe."

„Bring halt nichts durcheinander, Erwin."

Es war dann wenig los, an diesem Montagvormittag. Freitag und Samstag hatten Familien eingekauft, die ins Wiesbachtal kamen, um dort von den unverfälschten Freuden des Landlebens zu kosten, und sich mit bemühter Herzlichkeit wichtig machten unter den schlichten, aber ehrlichen Leuten hier. Das Kaufhaus Habesam gehörte für sie zur heimischen Folklore, mit Simon Polt als verschrobenem Ladenhüter. Sie redeten ihn mit dem Vornamen an und beugten sich vertraulich über den Ladentisch, wenn sie Polt betont beiläufig von der Bedeutsamkeit ihres Daseins draußen in der Welt erzählten. Sie klopften ihm auf die Schultern, nahmen ihn an den Oberarmen, grinsten endlich breit und abschiednehmend.

Auch jüngere Menschen aus der Gegend kauften bei ihm ein, weil es hier Waren gab, die nicht im Supermarkt zu finden waren. An gewöhnlichen Wochentagen war Polt aber auf jene angewiesen, für die der Einkauf im Kaufhaus Habesam seit Jahrzehnten ein wenig Farbe und Nähe in ihren einsamen Alltag brachte. Und sogar der Bürgermeister ließ sich zuweilen blicken, weil er Polt mochte, seinen Beitrag zur Nahversorgung schätzte und weil er auf keine Wählerstimme verzichten konnte.

Gegen Mittag stahl sich ein begehrliches Lächeln in Polts kaufmännisch beflissene Züge. Er holte aus der Kühlvitrine Speck vom Herbert Gassl, einem der wenigen im Tal, die noch Schweine hielten. Ohne nachdenkliche Blicke seiner gesundheitsbewussten Frau fürchten zu müssen, schnitt er ein gut daumendickes Stück ab. In seinem kleinen Büro, in dem auch ein Herd stand, hatte er schon vorsorglich Erdäpfel weichgekocht, die er nun schälte und zerteilte. Dann legte er den Speck vor sich hin und hielt inne: Schneeweiß lag er da, reines, kerniges

Fett, die pure Sünde, fern jeder Fleischeslust. Polt dachte nicht daran, der Versuchung zu widerstehen, trennte ein paar hauchdünne Scheiben ab, zerdrückte sie zwischen Zunge und Gaumen. Dann rief er sich zur Pflicht, schnitt kleine Würfel, häufte sie in die Pfanne und schaute zu, wie das Weiß glasig, dann goldbraun wurde. Er stellte die knusprigen Würfel zur Seite – nicht alle, versteht sich, weil das Kosten nun einmal zum Kochen gehört. Das flüssige Fett goss er mit ein wenig Suppe auf, die ihm vom Vortag geblieben war, und gab Salz, Pfefferkörner und ein Lorbeerblatt dazu. Polt ließ die Sauce einkochen, staubte sie mit ein wenig Mehl und rundete sie endlich mit einem Spritzer Essig ab. Die Erdäpfel kamen dazu, behutsam wurde erwärmt und noch einmal aufgekocht. Endlich saß der Koch als sein Gast vor dem dampfenden Teller, überhöhte sein derbes Kunstwerk mit einer unverschämt großen Menge von Speckwürfeln, holte ein Bier aus dem Kühlschank und ließ sich Zeit für eine dichte, luftig aufgewölbte Schaumkrone. Da saß er denn, von grausamer Hand in sein früheres einschichtiges Junggesellendasein gestoßen, und genierte sich nicht, sein bedauerliches Schicksal hemmungslos zu genießen. Dann hörte er ein Geräusch und sah seine nächtliche Begleiterin in der Tür stehen.

„Verzeihen Sie mein freches Eindringen, sozusagen hinter die Kulissen."

„Ist schon recht. Was führt Sie zu mir?"

„Darf ich Ihnen was vorspielen, Herr Polt?"

„Meinetwegen."

„Ja dann! Vorhang auf für den schäbigen Rest einer theatralischen Nacht ohne Applaus. Also: Die Bühne ist leer, viel zu leer. Gelangweilte Schatten fressen gleichgültige Lichter auf. Ach was. Ich habe keine

Lust mehr. Das Stück ist aus. Was hat es denn zu Mittag gegeben? Riecht ja fantastisch."

„Erdäpfel mit Speck."

„Das passt zu Ihnen."

„Frechheit oder Kompliment?"

„Beides. So bin ich eben. Wie lebt es sich denn so im Gemischtwarenmuseum?"

„Ganz gut, Frau ..."

„Martell, Mira Martell. Geboren wurde ich als Helga Hinterstoisser. Vielleicht wäre ich besser dabei geblieben. Darf ich mich als solche zu Ihnen setzen, ganz ohne blöde Allüren?"

„Ja, schon."

„Wie schau ich denn aus heute?"

„Anders als gestern jedenfalls. Aber da war's ja finster."

„Also klein, zerknittert, weniger als unscheinbar."

„Das haben Sie gesagt."

„‚Das Alter ist der erste Tod der Buhlerinnen.'"

„Ist der Satz von Ihnen?"

„Klug gefragt. Nein, schon wieder diese Kameliendame."

„Was ist das für eine?"

„Macht die Männer zu Narren, wenn sie nicht gerade Blut spuckt. Beides geht an die Substanz und führt zum frühen Tod. Wie gehen die Geschäfte?"

„Es geht."

„Und wie sind die Kritiken zu dieser Schmierenkomödie in der Kellergasse?"

„Gemischt."

„Wie es Ihrem gemischten Gewerbe entspricht. Sie wissen also auch nicht mehr als ich? Natürlich nicht. Blöde Frage. Und jetzt kaufe ich bei Ihnen ein. Endlich wieder eine Premiere!"

„Muss aber nicht sein."

„Also vor allem möchte ich Ihr Mittagessen nachkochen. Erdäpfel hab ich zuhause. Was brauche ich noch?"

Nach geraumer Zeit wandte sie sich mit zwei prall gefüllten Taschen zum Gehen. In der offenen Tür verharrte sie zögernd. „Herr Polt?"

„Ja?"

„Nur noch eine Frage, damit ich weiß, woran ich bin: Würden Sie noch einmal mit mir ein Stück des Weges durch die Nacht gehen, nur so weit, bis wir uns beide auskennen?"

„Wenn sich's ergibt ..."

„Es wird sich ergeben."

Endzeit

Der Wiesbach war ein geringfügiges Gerinne, noch dazu begradigt, eingedämmt und seicht. Da und dort wurde ihm aber doch ein wenig mehr Raum gegeben, durfte er nicht nur geradeaus fließen. An einer solchen Stelle war die Leiche einer jungen Frau unter tief hängenden Zweigen ans Ufer gestoßen und verharrte sachte bewegt, so, als würde sie duldsam darauf warten, dass man sie fand. Das sollte allerdings erst am Montagabend geschehen.

Einige Stunden zuvor hatte Polt durch die gläserne Ladentür beobachtet, wie drei Dienstwagen der Polizei durch Burgheim fuhren, gefolgt von einem Fahrzeug der Hundestaffel. Als es am späten Nachmittag dunkel wurde, hielt er vom ersten Stock seines Hauses Ausschau, sah Suchscheinwerfer im Bereich der Burgheimer Kellergasse und am Wiesbach. Bald darauf waren die grellen Lichter verschwunden. Polt seufzte, wandte sich ab, ging nach unten. „Schluss für heute", hörte er sich murmeln, erblickte dann aber Luzia Lehner in der geöffneten Tür. Eilig trat sie näher. „Gut, dass du noch da bist, Simon. Stell dir vor: Der Dorferneuerungsverein von Brunndorf hat heute Abend Hauptversammlung. Sollte bei der Krimmel Hilda stattfinden, unserer Obfrau. Und die ist, na wie soll ich sagen, irgendwie unpässlich."
„Kein Wunder."
„Dann weißt du ja Bescheid. Jetzt kommen alle zu mir ins Haus und man will sich ja nichts nachsagen lassen als Gastgeberin. Also hilf mir schnell was Kaltes zusammenzustellen, sagen wir für zwölf Personen. Hast noch Brot und Semmeln?"

„Aber ja."

„Wein vom Höllenbauer hast auch da?"

„Natürlich."

„Such du was aus, Simon. Männersache. Aber denk auch an die Frauen. Irgend so eine Spätlese hat mir neulich gut geschmeckt."

„Der Traminer vielleicht?"

„Kann sein. Und was Süßes brauch ich auch noch. Nehm ich mir selbst."

„Der Quittenkäse von der Karin ist ganz frisch, Luzia, magst?"

Sie drehte sich um und schaute Polt stumm ins Gesicht.

„Man wird ja noch fragen dürfen. Was erneuert er denn schon wieder, euer Verein?"

„Wir nehmen uns im nächsten Jahr wahrscheinlich die Fläche vor, wo das Haus von Heinrich North gestanden ist. Der ist ja tot in seinem Presshaus aufgefunden worden. Kannst dich erinnern?"

„Ja, leider."

„Also ich glaub noch immer, dass er nachgeholfen hat, der arme Kerl. Krebs, immer wieder Operationen ... Was meinst du?"

„Nichts mein ich."

„Auch gut. Der Baugrund gehört jetzt der Gemeinde."

„Und?"

„Der Bürgermeister wünscht sich einen Parkplatz, Das ist modern, sagt er. Und wir wollen einen grünen Park mit Büschen, Bäumen und einem Springbrunnen."

„Ein Springbrunnen in Brunndorf?"

„Warum nicht. Es muss eben auch bei uns nicht alles so bleiben, wie es immer war. Und für dich stellen wir eine extra bequeme Ruhebank auf, damit du deine alten Tage so richtig genießen kannst. So. Gib Tragtaschen her, wir packen alles zusammen und schon bin ich weg. Willst übrigens gar nicht wissen, was heute bei uns los war, mit der Polizei und so?"

„Jedenfalls bin ich froh, dass ich kein Gendarm mehr bin. Also, was war?"

„Unser Haus ist ja eines der neu gebauten, am Dorfrand, gleich neben dem Wiesbach. Darum haben wir auch bei der kleinsten Überschwemmung das Wasser im Keller. Aber mein Mann hat sich den Platz eingebildet, gscheit, wie er ist. Egal. Weißt du übrigens, wie ich vor der Hochzeit geheißen hab? Lehninger. Drei Buchstaben weniger und das Gfrett ist fertig. Das nur so nebenbei. Als die Scheinwerfer von Burgheim her immer näher gekommen sind, bin ich vors Haus und auf die Polizisten zugegangen. Einer hat mich aufgehalten und ich hab von ihm wissen wollen, worum es geht. Immerhin bin ich als Gemeinderätin irgendwie auch eine Amtsperson. Hat er gesagt, dass ich mich morgen an die Pressestelle wenden soll. Wer braucht denn so was, hab ich gedacht, weil ich in einem der Autos den Hannes Eichinger gesehen hab."

„Und?"

„Wird wohl was mit seiner Tochter sein, der Laura. Was sonst? Ich warte ja schon seit Jahren darauf, dass einmal was ist mit der. Später ist noch unser Gemeindearzt, der Dr. Eichhorn, dazugekommen, und bald darauf hab ich auch schon den Leichenwagen von der Bestattung gesehen. Was schaust du so erschrocken? Kennst sie näher, die Laura?"

„Nein, nur vom Sehen, aber gestern in der Nacht war sie bei diesem Fest in der Burgheimer Kellergasse."

„Erzähl!"

„War nichts Besonderes."

„Da reden wir aber noch drüber. Jetzt muss ich weg. Schreib alles zusammen, Simon. Morgen komm ich dann zahlen. Und hau mich nicht übers Ohr!"
„Nie im Leben."

Polt stand eine Weile da und schaute ins Leere. Dann ging er mit müden Schritten zur Tür, kramte umständlich in den Hosentaschen nach dem Schlüssel, sperrte zu, goss einen Schnaps ein, trank hastig und setzte sich an den Küchentisch. Nein, der Tod dieses Mädchens betraf ihn nicht persönlich und mit der Familie Eichinger hatte er nie Kontakt gehabt. Eine andere Welt war das. Und wenn diese Welt die Welt von morgen war, war er lieber von gestern. Aber es gab ein junges Leben weniger im Wiesbachtal, das tat weh.

Und jetzt war es wohl besser, bald einmal die Rechnung für die Luzia zu schreiben, solange er noch so ungefähr wusste, was sie eingekauft hatte. Aber Polt spürte den ungewohnten Schnaps. Na, dann eben nicht. Er nahm ein Stück Brot, legte ein paar dicke Käsescheiben darauf und aß, ohne hungrig zu sein. Polt lebte mit seiner Frau und den Kindern gerne im ererbten Haus und hatte sich darauf gefreut, es für einige Zeit nur für sich zu haben, der Stille zu lauschen und den vielen Geschichten, die sie zu erzählen wusste. Doch diesmal hatte die Stille nichts zu sagen und Polt spürte, wie die Herbstkälte allmählich ins Haus kroch.

Die Zwillinge, Anna und Peter, hatten gerade erst mit der Volksschule angefangen, als Familie Polt Aloisia Habesams Haus in Besitz nahm. Nein, ganz falsch, es war um eine behutsame Annäherung gegangen. Das Erdgeschoß mit den privaten Räumen der Kauffrau blieb so gut wie unverändert. Der größte Bereich war einem Warenlager gewidmet, dessen maßlose Vielfalt einen tiefen Blick in Frau Habesams edle Krämerseele erlaubte. Sinnenfreude oder gar Leidenschaft waren als Sünden eingestuft, die überdies viel Geld verschlangen. Unverhohlene Sparsamkeit und verhohlene Habgier galten zumindest als lässliche Tugenden, solange sie mit mürrischer Menschenfreundlichkeit und zänkischem Wohlwollen einhergingen. Frau Habesam war fromm, wenngleich sie sich weigerte, Gott als allmächtigen Gott zu sehen, denn der da oben war ja nicht dumm, musste wissen, was von den Menschen zu halten sei und dass es hoch an der Zeit war für ein furchtbares Strafgericht. Sie fürchtete den Teufel, auch wenn sie insgeheim unterstellte, dass der Teufel auch ein wenig Angst vor ihr hatte. Alles in allem ging die gute Frau also streng und gerecht mit sich und der Welt um, und es darf geargwöhnt werden, dass sie ihre ganz geheimen Lüste zwischen Pferdebalsam und Malzkaffee, Federweiß und Flanellunterhosen, Schmierseife und Krachmandeln, Stiefelfett und Goldteufel-Likör auslebte.

Ein Raum war von ihr zum Gästezimmer bestimmt worden, versehen mit allen Scheußlichkeiten der Siebzigerjahre des vergangenen Jahrhunderts. Hier und im ersten Stock gab es wenig Anlass für Rücksichtnahme. Familie Polt verschaffte sich mit einem weithin Aufsehen erregenden Flohmarkt Luft, und auch die Müllabfuhr bekam zu tun. Einrichtungsgegenstände aus beider Wohnungen wurden herbeigeschafft und damit war auch dafür gesorgt, dass die Eheleute zwar zusammenlebten, aber auch jeder ein wenig für sich. Dazu gehörte nicht zuletzt, dass Polts Liegestatt und Karins Bett von früher nun nebeneinander im gemeinsamen Schlafzimmer standen: denkbar verschieden, doch in trauter Nachbarschaft. Die Kinder bekamen ihre eigenen Räume, und unter Karins Anleitung wurde ein Badezimmer eingerichtet, das Polt noch immer ein wenig verlegen machte, wenn er inmitten all dieser glänzenden, duftenden Herrlichkeit stand, ein wenig dicklich, nicht der Schönste und der Jüngste schon gar nicht.

So war das also im ersten Stock. Zu ebener Erde war Frau Habesams Reich schon zu ihren Lebzeiten etwas Besonderes gewesen, von ihr sehr diskret benutzt, und ganz selten stand es auch auserwählten Gästen offen. Auch nach ihrem Tod hatte kaum jemand diese Räume betreten. Weil er aber nichts Besseres zu tun hatte an diesem unbehaglichen Abend, entschloss sich Polt nach einem prüfenden Blick auf die gemalte und gerahmte Frau Habesam wieder einmal zu einem Ausflug ins befreundete Ausland nebenan. Er saß eine Weile im Wohnzimmer, mit viel Zirbenholz als Jagdzimmer eingerichtet. „Dem Ferdl zuliebe, meinem Mann, Gott hab ihn selig, damit er Ruh gibt", hatte Frau Habesam einmal angemerkt.

Und dann das Schlafzimmer ... da war er wieder, dieser vertraute, fremde Geruch nach Bodenwachs und Lavendel mit einer zarten Weihrauchnote, dazu wuchtige Möbel, sorgsam poliert, ein brünstig röhrender Hirsch über dem sittsam sich wölbenden Ehebett. Nur einmal war Polt für wenige Augenblicke hier gewesen. Diesmal blieb er länger, widerstand aber der Versuchung, in den Kästen nach wunderlichen Schätzen zu stöbern. Immerhin beging er eine andere Ungeheuerlichkeit, murmelte: „Nichts für ungut, Frau Habesam", ging zu Bette und schlief bald darauf ein.

Freilich, lieber Herr Polt

Früh am Morgen erwachte Polt erstaunlich frisch und ausgeruht. Offenbar waren in dieser Nacht alle guten Geister der Verblichenen in ihn gefahren, ein paar weniger gute vielleicht auch, aber darauf kam es nicht an.

Als er sich, ausführlich gereinigt, gekämmt, rasiert und frisch gekleidet, ein opulentes Frühstück gönnte, war er schon wieder bereit, das Leben mit all seinen Widrigkeiten und Freuden gelassen hinzunehmen. Er überlegte, was nun zu tun sei. Es war etwas geschehen, von dem er noch nichts Genaues wusste, eigentlich auch nichts wissen wollte. Aber zumindest am Rande war er daran beteiligt gewesen, und das ließ sich nicht einfach beiseiteschieben. Es ging also darum, eine bedrückende Last loszuwerden. Am besten würde es wohl sein, die Polizei ins Vertrauen zu ziehen. Dann war es deren Sache zu gewichten, zu beurteilen und aufzuklären. Gut so. Blieb das Kaufhaus Habesam für den Vormittag eben geschlossen, weil Polt eine Aussage zu machen hatte. Und der Nachmittag gehörte schon wieder einem Gemischtwarenhändler, der seine Vergangenheit als Gendarm nur zu gern verdrängte.

Der Autobus Richtung Breitenfeld und weiter nach Wien hielt kurz nach sieben in Burgheim. Polt brach rechtzeitig auf und wartete neben ein paar älteren Leuten und Schulkindern. Er dachte an seine nächtliche Vermählung mit Frau Habesams tiefsten Geheimnissen und schaute irritiert auf, als er ein lautes Motorgeräusch hörte. Josef Bernreiter hielt sein raubtierförmiges Auto an. Das Seitenfenster war geöffnet. „Na, Herr Polt? Was ist? Noch immer kein modernes Gschäft und kein gscheites Auto?"

Der Gemischtwarenhändler lächelte andeutungsweise. „Nein, aber auch keine Schulden." Das wirkte. Der schneidige Bändiger unzähliger Pferdestärken schaute erst wütend drein, dann ballte er die rechte Hand zur Faust, reckte den Mittelfinger nach oben, gab Gas und beschleunigte mit quietschenden Reifen. Polt schaute ihm sinnend nach. Der Bernreiter trank zu viel, heiratete zu oft und seine Berichte von berauschenden Verkaufserfolgen, die sein Wein im Ausland feierte, waren ein wenig zu schön, um wahr zu sein. Ein teures Auto, immerhin ... das stellte schon was dar in einer Gegend, die noch vor wenigen Jahrzehnten als stilles, unbeachtetes Grenzland mit einer trüben Gegenwart und einer düsteren Zukunft zurechtkommen musste. Und es war eben schon immer Brauch auf dem Land gewesen, herzuzeigen, was man hatte. Früher wurde mit riesigen Hoftoren geprotzt, dann mit gewaltigen Traktoren, und jetzt, da es immer weniger Bauern gab, demonstrierten eben die Autos den sozialen Rang ihrer Besitzer.

In Breitenfeld angekommen, näherte sich Polt unverzüglich der ihm von früher her vertrauten Polizeidienststelle, weil er es hinter sich bringen wollte. Die offenbar stark gesicherte Tür war verschlossen. Er klopfte, ein Durchblick wurde geöffnet, Polt schaute in ein fragendes Gesicht.

„Simon Polt aus Burgheim. Ich möchte eine Aussage machen."

Nach einer guten Weile schwang die Tür auf. „Der Chef will mit Ihnen reden. Geradeaus und dann die erste Tür links, aber da ist er ja schon." Ein großer, ziemlich korpulenter Polizist stand in der offenen Bürotür und winkte einladend. „Simon Polt! Ein legendärer Gendarm im besten Sinne des Wortes! Herein in die gute Stube!" Er zeigte auf eine kleine Sitzgruppe.

„Nehmen Sie doch Platz, mein Lieber. Darf's was zum Trinken sein? Kaffee, Tee? Oder ein Morgenachterl? Als Gast dürfen Sie alles. Ich darf nichts. Außer arbeiten natürlich."

Polt nahm umständlich Platz. „Kaffee bitte. Herr ..."

„Oh Verzeihung. Walter Grabherr. Der Dienstgrad tut nichts zur Sache unter Kollegen. Also, worum geht's?"

„Ich war vorgestern Abend und auch noch nachts in der Kellergasse von Burgheim."

„Verstehe. Der Herbstzauber. War's feucht und fröhlich?"

„Ich war nicht wirklich dabei, bin mit Freunden in meinem Presshaus gesessen. Neuerdings bin ich ja auch Weinbauer."

„Davon möchte ich irgendwann mehr hören. Aber deshalb sind Sie ja nicht zu uns gekommen."

„Nein. Auf dem Heimweg ..."

„Wann?"

„Ich hab nicht auf die Uhr geschaut. Wird so gegen zehn gewesen sein."

„Ah ja. Dann möchte ich jetzt alles erfahren, was Sie ab diesem Zeitpunkt wahrgenommen und erlebt haben. Auch scheinbar Nebensächliches."

Polt schilderte seinen Heimweg durch die Kellergasse so detailreich wie möglich und erzählte auch von Erwin Städtners Ärger mit der Unordnung am Friedhof.

Der Polizist hörte ruhig und aufmerksam zu. Dann lehnte er sich zurück und verschränkte die Hände über dem stattlichen Bauch. „Noch eine Frage, so von Mann zu Mann: Wie nüchtern darf ich Ihre Wahrnehmung einschätzen?"

„Nüchtern ganz und gar nicht. Betrunken aber auch nicht."

„Gut, dass Sie zu uns gekommen sind, Herr Polt. Auch mich stimmt so manches nachdenklich. Aber bleiben wir erst einmal beim Kern der Sache: In der Kellergasse wird gefeiert und gesoffen. Anschließend lässt der lustige Rest seinen Trieben freien Lauf und die Regeln der Vernunft sind außer Kraft gesetzt. Da kann so ziemlich alles passieren. Die Geschichte mit dem Punschstand des Ehepaares Krimmel kennen Sie vermutlich. Wir konnten gerade noch rechtzeitig eingreifen. Ein derbes Volksstück kann ganz schnell zur Tragödie werden. Aber das wissen Sie besser als ich. Noch was?"

„Ja. Ich frage mich, was das alles mit dem Tod der Laura Eichinger zu tun haben könnte."

Der Polizist starrte Polt ins Gesicht. „Warum glauben Sie von einer vermeintlichen Leiche zu wissen?"

„Eine, die in Brunndorf nah am Wiesbach wohnt, hat die Suchaktion beobachtet, den Hannes Eichinger in einem Polizeiauto sitzen gesehen, und dann ist auch noch der Leichenwagen vorgefahren. Es muss also was mit der Laura sein, war ihr erster Gedanke. Später dann hat sie mir davon erzählt, im Kaufhaus Habesam."

Der Polizist senkte den Kopf und atmete tief durch. Dann schaute er Polt ins Gesicht. „Das Teufelsweib hat Recht. Wir gehen bald einmal an die Öffentlichkeit damit."

„Weiß man ... weiß man, wie sie gestorben ist?"

„Nein. Keine augenfälligen Zeichen von Gewaltanwendung. Nach dem Obduktionsbefund werden wir vielleicht klüger sein. Haben Sie das Mädchen näher gekannt?"

„Nein, nur vom Sehen und Hörensagen. Auch mit den Eltern gibt es keinen Kontakt."

„So. Und was fasziniert Sie an diesem bedauerlichen Fall?"

„Fasziniert? Gar nichts. Ich wollte es nur loswerden – und der Polizei natürlich bei der Arbeit helfen."

„Die Polizei dankt." Grabherr seufzte. „Mein lieber Herr Polt! Wie lange sind Sie jetzt schon nicht mehr in der Exekutive?"

„Ich hab nie nachgezählt. Zwanzig Jahre vielleicht."

„Seitdem hat sich die Polizeiarbeit verändert, ist kälter, aber auch zielführender geworden. Wir ermitteln im grellen Licht der Tatsachen."

„Soll das heißen, dass es Sie nicht interessiert, was ich erzählt habe?"

„Heißt es natürlich nicht. Alles gespeichert, abgewogen und sortiert. Wer weiß, wozu es noch gut sein könnte. Doch vorerst geht es darum, den Katalog jener Pflichten abzuarbeiten, die für jede Ermittlung gelten. Im günstigsten Fall erspart uns dieser Weg das mühsame Herumstochern im alkoholgetränkten Durcheinander nach diesem Fest. Verstehen Sie?"

„Nein. Ja, irgendwie schon. Noch eine Frage, so nebenbei: Ist vielleicht der Inspektor Priml da?"

„Leider nein, Herr Polt. Und ich wünschte bei Gott, er wäre da."

„Wie versteh ich das?"

„Das will ich Ihnen aus sehr persönlichen Gründen nicht sagen. Aber Sie können ihn ja fragen. Weit weg ist er vermutlich nicht." Der Polizist schaute ins Leere. „Ich hätte mir für dieses Gespräch einen erfreulicheren Abschluss gewünscht. Na ja. Vielleicht bald einmal, unter anderen Umständen."

Als Polt wieder auf dem weitläufigen Hauptplatz von Breitenfeld stand, fragte er sich, woher seine schlechte Laune kam. Er war doch freundlich behandelt worden und Walter Grabherr hatte sich ernsthaft mit ihm auseinandergesetzt. Doch was war mit Bastian Priml los? Krach mit dem Chef?

Wie auch immer: Er war dankbar dafür, keine Pflichtenkataloge abarbeiten zu müssen, und ließ sich erst einmal einfach treiben. Vor einem mit Elektrogeräten gefüllten Schaufenster blieb er neugierig stehen: Er sah glatte Würfel, Quader, Zylinder und Kugeln vor sich, die allesamt ein Feld für irgendwelche Anzeigen und irgendwo einen Schlitz hatten. Beim besten Willen hätte er nicht sagen können, welches dieser Geräte welchem Zweck diente. Er wusste nur, dass er nichts von alldem brauchte.

Polt spürte Feuchtigkeit im Gesicht. Am Morgen hatte es noch ein paar blasse Sonnenstrahlen gegeben. Jetzt stäubte feiner Nieselregen aus dem Wolkengrau, das dicht über den Dächern hing, Wind war aufgekommen. Polt schaute sich um. Seit vielen Jahren war ihm das Bild vertraut. Breitenfeld hatte bei aller Beständigkeit auch etwas Zufälliges an sich. Das mochte daran liegen, dass in der Vergangenheit allmählich drei Dörfer zu einem stadtartigen Gebilde zusammengewachsen waren, das irgendwann mit Ämtern und Schulen ausgestattet worden war. Es gab keine klaren Strukturen, nur der große Platz in der Mitte lag einigermaßen bedeutsam da und die Häuser ringsum machten sich mit billigen Gründerzeit-Fassaden wichtig. Es waren nur wenige Menschen zu sehen. Das neue Einkaufszentrum am Stadtrand hatte das ohnehin schon dürftige Leben in der Mitte noch mehr ausgedünnt. Einige Kaufleute mussten zusperren. Aber die Eisenhandlung Moder, Polt schon als Kind vertraut gewesen, gab es noch immer. Als Anselm Moder hochbetagt gestorben war, hatte seine greise Witwe das Geschäft energisch verkleinert:

Statt sechs großen Schaufenstern gab es jetzt nur noch eines. Aber dahinter befand sich immer noch ein respektables Sortiment, das zusammen mit dem brüchigen Charme der alten Geschäftsfrau ihren Stammkunden respektvolle Treue abnötigte.

Erstaunlich, dass auch das Wirtshaus zum Elefanten noch immer geöffnet war. Polt konnte sich nicht daran erinnern, jemals mehr als ein, zwei Leute in der düsteren Gaststube gesehen zu haben. Doch auch heute war Licht hinter den kleinen Fenstern. Die Tür wurde von innen geöffnet, ein alter Mann kam heraus, tat unsicher ein paar müde Schritte, blieb stehen, hob den Kopf und war kein alter Mann, sondern Bastian Priml.

Niemandstag

„Herr Priml!"
„Herr Polt! Muss das sein?"
„Wie versteh ich das?"
„Kommen Sie mit mir."

Dann saßen die beiden einander gegenüber und schwiegen. Der Wirt hatte Priml ein Glas Rotwein hingestellt und schaute Polt fragend an.
„Irgendwas. Einen Tee oder so. Herr Priml! Sie trinken Wein?"
„Nicht nur. Ich kann kaum noch schlafen, wache früh auf und bin halb tot. Nach einem ordentlichen Schluck Schnaps lässt wenigstens das Zittern der Hände nach. Dann ein paar Bier, damit diese verdammte Austrocknung zu ertragen ist. Irgendwann kann ich wieder reden und nach ein paar Gläsern Wein bin ich fast schon der Alte. So, wie Sie mich jetzt sehen, bin ich sogar einigermaßen gesellschaftsfähig, ohne mich vollends zum Narren zu machen. Diesen Zustand rette ich bis in den frühen Abend hinein. Den Rest gebe ich mir dann ohne Publikum zuhause, bis ich nicht mehr denken kann und nicht mehr denken muss. Am nächsten Tag das gleiche Spiel mit erhöhter Dosis."
„Was ist passiert?"
„Ja, was? Ich bin aufs Klo gegangen."
„Und?"
„Sie ist aus dem Fenster gesprungen. Dritter Stock, hier, in Breitenfeld. Eine junge Rauschgiftsüchtige, Herr Polt. Ich wollte allein mit ihr reden, weil wieder einmal die zwangsweise Vorführung ins Gericht gedroht hat. Und sie war an sich ein ganz liebes

Mädchen, klug und sensibel. Aber ich habe nicht erkannt, wie verzweifelt sie war. Als ich kurz wegmusste, ist es passiert. Dann bin ich hinunter, hab sie auf dem Asphalt liegen gesehen, habe getan, was zu tun war, und meinem Vorgesetzten wahrheitsgemäß Bericht erstattet. Nach Dienstschluss war ich dann zuhause mit mir allein und hab's nicht ausgehalten. Also hinaus unter Leute, die ich erst recht nicht ertragen konnte, nichts wie weg und versuchen, müde zu werden, müde bis zur Erschöpfung. Ich weiß nicht, wie viele Kilometer ich in dieser Nacht verbissen und verzweifelt unterwegs war. Als es hell geworden ist, habe ich im Supermarkt eine Flasche Bier für zuhause gekauft. Macht doch müde, nicht wahr? Und ist wohl das Dümmste, was ein ehemaliger Alkoholiker tun kann. Was bringt Sie nach Breitenfeld, Herr Polt?"

„Ein Gespräch mit dem Herrn Grabherr."

„So? Ein guter Mann und ein tapferer Vorgesetzter. Hat mich fürs Erste sozusagen aus dem Verkehr gezogen, um mir eine Chance zu geben. Ich werde ihn bitter enttäuschen."

„Muss das sein?"

„Ich fürchte, ja. Ich kann nicht mehr, weil ich nicht mehr will. Und dafür, mich umzubringen, ist es jetzt zu spät. Keine Kraft mehr."

„Das ist fast schon zu viel für mich, Herr Priml. Einmal Sie und dann noch ein Mädchen, das offenbar tot aus dem Wiesbach geborgen worden ist. Gestern Abend war's. Weiß der Teufel, was und wer da dahintersteckt."

„Mit dem Teufel liegen Sie wohl richtig, Herr Polt. Vielen Dank übrigens."

„Wofür?"

„Sie haben mich für einen Augenblick von meiner Selbstzerstörung abgelenkt."

„Und weiter?"
„Weiter nichts."

Priml blieb, Polt ging. Vor der Tür hatte ein junger Mann offenbar auf ihn gewartet.

„Benni! Was machst denn du in Breitenfeld?"

„Ich geh hier als Bäcker in die Lehre, werd bald einmal fertig sein. Hab ich noch nichts davon erzählt?"

„Nein." Polt zeigte auf Bennis rechtes Auge, das tiefblau umschattet war. „Wie schaut denn der andere aus?"

„Dem geht's blendend. Kommen Sie mit hinüber ins Café, Herr Polt? Den Elefanten halt ich nicht aus und seine Gäste noch weniger. Ich hab Sie mit dem Priml hineingehen sehen. Ein armer Hund. Wirklich fix und fertig, der Mann."

„Also, Benni: Was weißt du vom Priml?"

„Ein verdammt anständiger Kerl. Und jeder von uns hat das Mädchen gekannt. Sie wissen ja, wie das läuft: Geld und Vorschriften von den lieben Eltern, damit ihre Tochter genau so wird, wie sie wollen. Egal, wie es ihr dabei geht. Brav sein, dann passt für die Alten alles. Ist sie nicht mehr brav und erwischt womöglich auch noch den falschen Weg in die Freiheit, soll das undankbare Luder halt zum Teufel gehn, wenn es unbedingt will. Na ja, bei dem war sie fast angekommen, die Maria, als ihr der Priml geholfen hat. Der war alles für sie: Vater, Freund, Fels in der Brandung. Und dann dreht sie auf einmal durch. Ärger kann's nicht kommen."

„Ja, verdammt. Und wieder einmal trifft es die Falschen. Aber was anderes, Benni", Polt schaute ihm prüfend ins Gesicht, „was für ein Kampf war das denn?"

„Gar keiner. Wir waren zum Stänkern aufgelegt Sonntagnacht und sind ins Presshaus der alten

Kameraden hinein, weil uns diese blöden Soldatenspielereien auf die Eier gegangen sind. Recht gut in Stimmung waren wir auch."

„Auf die Eier? Aber, aber, junger Mann. Ein beachtlich aggressiver Haufen also! Und du mittendrin."

„Irgendwo muss man sich ja stark vorkommen, noch dazu, wenn man Benjamin Rehhaupt heißt."

„Ja, das ist allerdings ein Pech."

„Aber gewaltbereit sind wir nicht wirklich, Herr Polt. Höchstens einmal, wenn's nicht mehr anders geht. Bei den alten Knackern haben wir halt ein bisschen zusammengeräumt. Dann wollten sie raufen, die Deppen. Dabei hab ich eine aufs Aug bekommen und natürlich nicht zurückgeschlagen. Wenn ich so einen voll erwisch, ist er womöglich hin."

„Sehr zartfühlend. Also, wie ich dazugekommen bin, seid ihr grad weitergezogen. Warum hast du eigentlich nicht geantwortet, als ich dir nachgerufen hab?"

„War mir irgendwie peinlich vor den anderen: Der Polt pfeift und der Benni apportiert oder so."

„Ah ja. Die Laura Eichinger war auch dabei, hab ich das richtig gesehen?"

„Ja." Benni zögerte. „Herr Polt ... ich hab sie heute ein paar Mal angerufen und nicht erreicht, nicht einmal die Mailbox. Wissen Sie, was mit ihr los ist?"

„Leider ja."

Polt erzählte in knappen Worten, und Benni schwieg. Ganz ruhig saß er da, als schaute er starr und erschrocken nach innen. Dann war die Anspannung offenbar nicht mehr zu ertragen. Plötzlich, mit einer heftigen, ja zornigen Bewegung, stand er auf und ging zur Tür. Polt beobachtete ihn, sammelte die Scherben seiner zerbrochenen Teetasse auf, wischte mit der Serviette über die nasse Hose und dachte nach.

Auch im Wiesbachtal gab es jede Menge Konfliktstoff zwischen Jung und Alt. Er und Benni kamen seit Jahren aber ganz gut miteinander aus. Ihre Bekanntschaft war eher beiläufig und verpflichtete zu nichts. Da hatten es Eltern und Kinder schon schwerer.

Doch plötzlich, mit dem Tod von zwei jungen Frauen, war es auch für Polt mit leichthin gelebter Unverbindlichkeit erst einmal vorbei. Für Benni war er zum Überbringer einer offenbar schockierenden Nachricht geworden und er konnte ihm nur wünschen, dass er irgendwie mit sich selbst zurechtkam. Ja, und ein paar Meter weiter saß Bastian Priml, fast schon zum Freund geworden, und verlor sich wohl für immer aus den Händen. Polt war traurig und ratlos. Dann schaute er auf die Uhr, dachte noch einmal nach und kam zum Ergebnis, dass auch ein innerlich verdüsterter Gemischtwarenhändler seine Kundschaft nicht ungebührlich lange im Stich lassen durfte.

Schon am späten Vormittag kam er in Burgheim an, öffnete Frau Habesams Kaufhaus, das nunmehr ihm gehörte, irgendwie wenigstens, aß lustlos einen aus Altersgründen längst unverkäuflichen Apfelstrudel, trank Wasser dazu und erklärte den kaufmännischen Alltag für eröffnet.

Doch daraus sollte nichts werden. Das lag an Mira Martell, die eintrat, nein, auftrat, und zwar ganz in Schwarz, sah man vom roten Kaschmirschal ab. „Sie wissen es schon, Herr Polt?"

„Ja. Seit gestern Abend."

Sie kam mit kleinen, kraftlosen Schritten näher, blieb stehen, hob die Hände zu einer kaum wahrnehmbaren Geste. „Und dann verschleißt man nach und nach sein Herz, seinen Körper und seine Schönheit. Man wird gefürchtet wie ein wildes Tier, verachtet wie ein Paria und ist von lauter Menschen umgeben, die stets mehr nehmen, als sie selbst geben, und eines Tages verreckt man wie ein Hund, nachdem man seine Freunde und auch sich selbst verloren hat."

„Ist das wieder die Geschichte von dieser Blumendame?"

„Ja, doch es betrifft auch das kleine, nie gelebte Leben der armen Laura. Nun ist sie tot. Ich hatte so große Angst um sie, von dem Augenblick an, da sie mein Presshaus verließ. Sie wollte mich heute früh in meinem Haus in Brunndorf besuchen. Nachdem ich vergeblich gewartet hatte, hab ich es gewagt, bei ihren Eltern nachzufragen. Was ist wirklich geschehen?"

„Woher soll ich das wissen? Wir werden wohl alle bald mehr erfahren."

„Und jetzt müssen Sie sich angesichts meiner Erscheinung fragen, mon cher Polt, ob meine Traurigkeit echt oder nur Theater ist."

„Ungewöhnlich schon, das alles, irgendwie."

„Gewöhnlich ist keine Kunst. Und das künstliche, das künstlerische, meinetwegen auch gekünstelte Leben auf der Bühne ist das einzig wahre Leben. Aber natürlich bin ich eine verdrehte alte Schachtel, verliebt in die eigene Vergangenheit, weil mir wenig anderes übrig geblieben ist. Und ich lüge, dass sich die Bretter biegen. Ein paar Stunden bin ich einfach am Küchentisch gesessen und hab nur geheult, ganz ohne Bühne. Dieser zweifelhafte Auftritt in der Gemischtwarenhandlung war der zum Scheitern verurteilte Versuch, Abstand zu gewinnen."

„Aus Ihnen soll einer klug werden. Warum sind Sie überhaupt gerade zu mir gekommen?"

„Weil Sie mir zuhören, wie auch die Laura mir zugehört hat. Wenn ich daran denke, mit welchen Illusionen ich aufs Land gezogen bin! In Wien war ich nur noch dritte Wahl. Hier sollte mein Glanz dermaßen erstrahlen, dass ihn die Wiesbachtaler kaum ertrügen, ohne Sonnenbrillen aufzusetzen. Soll ich Ihnen die Wahrheit sagen? Ich werde nicht bewundert, nicht geliebt, nicht zur Kenntnis genommen, ja nicht einmal ausgelacht oder verachtet. Ich bin den Leuten egal. Aber dann! Die Laura und ich finden irgendwie zueinander, ich wage es zu hoffen, und einen Atemzug später ist alles vorbei. Ich habe nur noch Sie, mon cher Polt."

„Nichts für ungut, Frau ..."

„Martell, Mira Martell, tut aber nichts zur Sache."

„Jedenfalls kommt es mir so vor, als ob Ihnen Menschen nur als Publikum wichtig sind."

„Ja. Ist da noch was?"

„Das meinen Sie jetzt aber nicht ernst."

„Nein. Ich bin eine blöde Gans. Aber manchmal weiß ich nicht mehr, ob es mich überhaupt gibt oder nur noch eingelernte Zerrbilder. Ich spiele, um nicht alles zu verspielen. Nein, Herr Polt, die Laura hat mir nicht nur zugehört. Wir haben lange, tiefe Gespräche geführt und sind Freundinnen geworden – soweit das gelingen kann mit mir, einem aufgeblasenen Rest. Und zu Ihnen, Herr Polt, bin ich heute gekommen, weil Sie wissen sollten, dass ich mich schuldig fühle am Tod dieses Menschen. Kennen Sie das? Man wünscht jemandem vom Herzen eine gute Reise auf einem guten Weg. Und der führt ins Verderben."

Weinwärts

Mira Martell war dann bald gegangen. Polt wusste noch immer nicht, was er von ihr halten sollte, es war ihm aber ganz recht, dass dieser bunte, wenn auch arg gezauste Vogel dann und wann in seine Welt geflattert kam.

Und die Geschäfte gingen auch ganz passabel an diesem Nachmittag. Eva, eine Enkelin der alten Frau Grubinger, kam und kaufte. Eigentlich war ihrer Großmutter so ziemlich jedes Nahrungsmittel willkommen, vorausgesetzt, es ließ sich auch ohne Zähne beißen. Ja, und das „Goldene Frauenblatt" gehörte natürlich dazu. Frau Grubinger war eine profunde Kennerin des Familienlebens europäischer Adelshäuser, und es konnte schon vorkommen, dass ihr angesichts der – wieder einmal – erschreckend fahrlässigen Partnerwahl der Prinzessin X ein „blöde Trutschen" entschlüpfte.

Die Gemeindesekretärin hatte einen Geschenkkorb für Doris Mutz bestellt. Nach drei Jahrzehnten als Fremdenverkehrsobfrau nahm sie nunmehr freudig Abschied. Nichts Teures also, hatte der Gemeinderat beschlossen, aber irgendetwas gehörte sich schon. Nicht zu vergessen Luzia Lehner, die nach dem Dorferneuerungsverein nun den Kulturverein zu verköstigen hatte und tags darauf auch noch den Fotoclub. Gegen Abend war dann noch Friedrich Kurzbacher gekommen und hatte sich nach reiflicher Überlegung für den Kauf langer Unterhosen und Ölsardinen entschieden.

Im Gegensatz zu Frau Habesam, die misslaunig, aber tapfer bis tief in die Nacht offen hielt, sperrte Polt pünktlich um sechs zu. Das war im Wiesbachtal ungern, aber dann doch zur Kenntnis genommen worden. Außerdem war Polt in dringenden Fällen ohnedies irgendwo in der Nähe zu finden.

Am Nachmittag war die Wolkendecke dünner geworden, ließ Sonnenlicht erahnen und blasses Blau aufleuchten. Als Polt durch die Hintertür ins Freie trat, roch die unbewegte Luft frisch, ein wenig auch nach welkem Laub. Er betrat die ehemalige Waschküche, in der zwei schwarze Waffenräder standen: eines, das ihn Jahrzehnte hindurch schwerfällig und verlässlich durchs Land getragen hatte, und ein anderes, das er seit einiger Zeit widerwillig, doch auch irgendwie erleichtert verwendete. Polt war ja doch nicht mehr so beweglich wie vordem und hatte zuletzt einige Mühe damit, beim Aufsteigen das rechte Bein über die Stange zu schwingen. Das blieb natürlich nicht unbemerkt. Seine Frau und die Kinder suchten also heimlich nach einem nicht minder ehrwürdigen Veloziped, allerdings in der Ausführung als Damenrad, und schenkten es ihm sanft lächelnd zum Geburtstag. Polt war erst empört, heuchelte dennoch Dankbarkeit und ließ das Radfahren trotzig bleiben. Dann, als ihn niemand beobachtete, probierte er sein Geschenk doch aus, fand es recht praktisch und beugte sich der Vernunft. Dennoch unterließ er es nie, entschuldigend mit der Hand über sein gewesenes Gefährt zu streichen, wenn er die Wahl traf. So auch an diesem Abend.

Polt fuhr einfach der Nase nach, folgte der Hintausgasse von Burgheim, wo den Rückseiten der langgestreckten Höfe nur noch ein paar hölzerne Stadel oder auch neuere Wirtschaftsgebäude gegenüberstanden, gefolgt von ebenen Ackerflächen im weiten Talgrund. Ein schmaler Güterweg brachte ihn zum Talrand und in die Kellergasse von Brunndorf. Als er Friedrich Kurzbachers Presshaus erreicht hatte, bremste Polt ab, sah wie erwartet dunkle Fensterluken und eine geschlossene Tür, seufzte leise und fuhr weiter. Im Dorf angekommen, überquerte er den Wiesbach und wandte sich nach Norden, wo hinter einer sanften Hügelkette die Grenze zu Tschechien verlief. Ein kleines Wäldchen säumte den Weg, und ein wenig abseits sah Polt ein Presshaus, das ihm bisher noch nicht aufgefallen war. Der Friedrich hatte ihm zwar erzählt, dass es hier dereinst eine Kellergasse gegeben habe. Doch als die Geschäfte mit dem Wein nicht mehr so gut liefen, wurden die kleinen, aus Lehmziegeln gebauten Gebäude abgerissen und die Kelleröffnungen zugemauert – mit einer Ausnahme offenbar. Die Presshaustür stand offen, dahinter war Licht zu sehen.

Polt lehnte sein Fahrrad an einen Baumstamm und trat zögernd näher. An sich war es in den Kellergassen des Wiesbachtals der Brauch, dass jemand, der die Tür nicht hinter sich zuzog, Besuchern freundlich gesonnen war. Doch wer weiß, vielleicht hatte sich hier längst irgendjemand von draußen eingekauft. Es gab ja immer wieder Leute, die so ein Presshaus unbedingt haben wollten, weil sie es für aufregend originell hielten. War das Objekt der Begierde erst einmal gewonnen, war es bald nur noch mäßig interessant und stand am Ende verlassen da. Polt trat vorsichtig ein, sah niemanden und grüßte laut.

„Wer ist da oben?"

„Der Polt. Simon Polt."

„Ich komm dann schon."

Vorerst kam niemand und Polt schaute sich um. Eine große, hölzerne Weinpresse stand da, daneben waren ineinandergeschobene Bottiche zu sehen, es gab ein altertümliches Gerät zum Zerquetschen der

Trauben und vieles mehr, das anderswo längst aus den Presshäusern verschwunden war. Dann bemerkte er ein merkwürdiges Detail: Jene hölzerne Spindel, die den schweren Pressbalken mit dem nicht minder gewichtigen Pressstein verband, war durch eine eiserne Zahnstange ersetzt worden, die offensichtlich über ein kleines Getriebe von einem Elektromotor bewegt werden konnte. Polt erschrak, als er eine Stimme hinter sich hörte. „Da schaut er, was? Aber bevor ich mich mit hilflosen Helfern ärgern muss, erfinde ich irgendwas, damit ich allein zurechtkomme."

„Genial."

„Alles relativ. An Leonardo da Vinci gemessen, bin ich ein Dorftrottel. An einem Dorftrottel gemessen, bin ich ganz gut. Kennen Sie mich überhaupt?"

„Nein."

„Kein Wunder. Vor über dreißig Jahren bin ich weg von hier, weil ich es nicht ausgehalten habe in diesem Gefängnis. Jetzt bin ich wieder da, weil zu viel Freiheit auch nicht das Wahre ist. Also: Peter Seidl, Ingenieur, Weinbauer und Narr. Trinken wir was?"

„Ich weiß nicht ..."

„Seit wann denn, Herr Polt?"

„Seit heute Vormittag. Ein guter Bekannter, blitzgscheiter Kerl. Gewesener Alkoholiker, viele Jahre abstinent, und jetzt hat es ihn wieder erwischt, aber wie."

„Und Sie wollen was Beruhigendes oder Ermunterndes von mir hören, damit es Ihnen trotzdem wieder schmeckt. Nichts da. Also, was ist, ja oder nein?"

„Wenig halt."

„So. Da bin ich wieder. Ein Grüner, noch unfiltriert. So ist er mir auch lieber, weil noch das volle Leben drin ist. Also wenig für Sie, ein wenig mehr für mich."

Polt kostete, schloss die Augen und – da war sie wieder, die alte Welt der Kellergasse, mit ihren Farben und Gerüchen, angefüllt mit Sinnlichkeit und Leichtsinn. „Mein Lieber! Da kommt meiner aber nicht mit!"

„Was hör ich da? Ihr eigener Wein?"

„Der erste in meinem Leben. Mir war einfach danach. Und der Friedrich Kurzbacher hat mir sehr geholfen."

„Alle Achtung. So viel Neugier und Wissbegierde in Ihrem Alter ... was red ich, gar so jung bin ich ja auch nicht mehr. Aber für ein unheiliges Experiment ist es nie zu spät."

„Wovon reden Sie?"

Peter Seidl drehte das Glas in seiner Hand, trank noch einmal und nickte zufrieden. „Ja, wovon ... Kurz gesagt: Ich habe vor, als unbelehrbar altmodischer Weinbauer erfolgreich zu sein. Umgeben von Musterschülern ist ein Schulschwänzer zweifellos die interessantere Erscheinung."

„Ich versteh nicht ganz."

„Kommt gleich. Vinifikation, wie sie heute zelebriert wird, nützt jede Möglichkeit zu optimieren und Fehler auszubessern. Die Ergebnisse sind sehr respektabel, oft auch bewundernswert, doch insgesamt einander sehr ähnlich, wenn nicht gar austauschbar. Banalität auf höchstem Niveau, möchte ich meinen."

„Und Sie?"

„Der Himmel im Keller. Und das Fegefeuer. Und meinetwegen auch die Hölle, wenn einmal etwas ganz fürchterlich danebengeht. Kommen Sie mit, Herr Polt! Vorsicht auf den Kopf bei der Kellertür. Die Ziegelstufen führen übrigens erstaunlich steil und tief in den Löss hinunter – muss so sein in einer flachen Gegend ohne Böschungen. So, da sind wir. Werden wohl an die zehn Meter Erdreich über unseren Köpfen sein."

Polt schaute in ein weites, hohes Kellergewölbe, in dem ein paar an sich respektable Fässer klein und irgendwie verloren wirkten. „Also das hätt ich hier nie erwartet."

„Nicht wahr? Und diese Unterwelt bleibt seit gut zweihundert Jahren ohne Mauerwerk stabil. Von hier aus zweigen fünf weitere Kellerröhren ab. Aber es kommt noch besser." Seidl ging voraus und blieb dann vor einem kleineren Durchgang linker Hand stehen. „Bücken, Herr Polt! Nur etwa zwanzig Meter, dann sind wir durch. So. Und was sagen Sie jetzt?"

„Jetzt bleibt mir die Luft weg! Noch ein Keller ..."

„Und es geht weiter."

Die beiden waren fast eine halbe Stunde unterwegs gewesen, als Seidl stehen blieb und die Arme ausbreitete. „Sieben Weinkeller sind es insgesamt. Um sie zu verbinden, habe ich da und dort neue Durchgänge graben müssen, aber auch Erdställe waren zu finden und mussten nur ein wenig erweitert werden. Sie wissen, was ein Erdstall ist, Herr Polt?"

„Nicht so richtig."

„Dann sind Sie in bester Gesellschaft. Die Forscher streiten immer noch: Kultplatz, Zufluchtsort, Lagerstätte oder alles zusammen. Wie auch immer: Ohne meine Hilfe würden Sie wohl einige Zeit brauchen, um wieder ans Licht zu finden. Für verschwiegene Meucheltaten, das Verschwindenlassen der grausigen Reste inbegriffen, ist hier ein geradezu paradiesischer Ort. Im Ernst: Jedes Konzept, und wenn es noch so schlicht daherkommt, braucht eine Bühne, jedes Angebot seine Inszenierung. Und für dieses dunkle Königreich muss ich mich nicht genieren. Zurück ins Presshaus, wenn es recht ist."

Seidl füllte die Gläser. „Ich stehe natürlich erst am Anfang. Aber ich habe ganz gut verdient in meinen Lehr- und Wanderjahren, kann investieren und muss mich von nichts und niemandem hetzen lassen. Es wird schon werden. Wenn es dann läuft, bringt mir das ein ebenso unterhaltsames wie einträgliches letztes Lebensdrittel und meinen Kunden ein Erlebnis, das kaum anderswo zu haben ist. Sie müssen sich das einfach so vorstellen, Herr Polt: Wer sich in Zukunft auf mich und meinen Wein einlässt, muss mit allem rechnen: erfreuliche Erfahrungen, spannende Enttäuschungen, aber auch ungeahnte, mitreißende Höhepunkte der Lust. Und das wird seinen Preis haben. Ich besetze nur eine Nische, aber die ist für mich und noch ein paar andere geräumig und ertragreich genug. Ich brauche dann nicht wie mein Freund und Rivale Hannes Eichinger das Weinviertel mit einer Weinlounge aus Glas, Chrom und Stahlbeton zu erschrecken und eine herausgeputzte Tochter als Lockvogel in die Kellergasse zu schicken."

„Die Laura ist tot, Herr Seidl."

„Was sagen Sie da? Verdammt noch einmal, wissen Sie, was Sie da sagen?"

Polt nickte stumm.

Seidl legte das Gesicht in beide Hände, seine Schultern zuckten. Nach einer Weile hob er den Kopf. „Ich hab gerade geheult wie ein kleiner Bub. Ein Leben, einfach weg, noch bevor es so richtig angefangen hat zu leben, anfangen durfte? Was weiß man?"

„Wenig. Man hat sie tot aus dem Wiesbach geborgen. Keine Spuren von Gewaltanwendung, meint die Polizei. Mein Gott, das hätt ich wahrscheinlich gar nicht erzählen dürfen."

„Ist doch egal. Jeder Tod hat seine Täter, auch wenn's ein Unfall oder Selbstmord war. Schuldige gibt es immer. Was werden Sie tun, Herr Polt?"

„Nichts weiter. Ich bin ja schon lange kein Gendarm mehr."

„Der waren Sie doch nie wirklich, oder? Aber ein Polt, dem die Menschen nicht gleichgültig sind."

„Das schon. Noch was: Wie haben Sie das vorhin gemeint, mit dem Gefängnis, in dem es nicht mehr auszuhalten war?"

„Eine Grenze mit Stacheldraht, Bodenminen, Scharfschützen. Eine Gegenwart ohne Zukunft. Menschen ohne Stolz und ohne Zuversicht."

„Aber das alles hat sich doch geändert?"

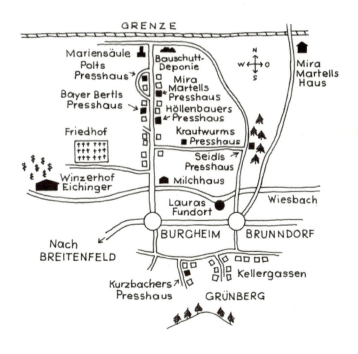

„Ja. Heute ist alles grenzenlos: der Spaß, die Gier, die Gleichgültigkeit. Dafür sind die Zwänge umso stärker: must see, must have, must do."

„Ich kann nicht Englisch."

„Man wird es Ihnen schon noch beibringen, Herr Polt. Darf ich Sie jetzt bitten, mich alleinzulassen? Mich zieht's in den Keller, zum Traurigsein, Ruhigwerden, Nachdenken. Und vielleicht will mir die Laura ja was erzählen."

Höllenwärts die Herzen

Als Polt vor Seidls einschichtiges Presshaus trat, war es Nacht geworden. Er klappte den Dynamo zum Vorderrad, hielt das Fahrrad schräg und hob verhalten seufzend das rechte Bein an. Dann fiel ihm ein, dass er ja ein neues, altes Fahrrad hatte. Leichtfüßig wie ein Junger schwang er sich in den Sattel und trat mit betonter Kraft in die Pedale. Schön dunkel war es hier. Die Dörfer spannten in einiger Entfernung lange Lichterketten aus, der Himmel war klar geworden, Polt konnte die Sterne sehen und den nicht mehr ganz vollen Mond. Ein Feldweg führte von hier aus westwärts zur Kellergasse von Burgheim, und von dort aus hatte er nicht mehr weit zu seinem Haus.

Er stellte das Fahrrad in die Waschküche und ging im Dunkel zur Hintertür. Polt wollte gerade aufsperren, als er ein Maunzen hörte. Er schaute genauer hin und erblickte eine kleine, rotbraune Fellkugel, auf der zwei winzige Ohren saßen. Er hob das seltsame Wesen auf, öffnete die Tür, machte Licht und legte dann seinen Fund auf den kleinen Tisch im Küchenbüro hinter der Gemischtwarenhandlung. Die Kugel geriet aus der Form, wurde zu einer kompakten Walze mit kurzen Beinen, einem kurzen, dicken Schwanz und hellgrünen Augen in einem runden Kopf. Polt hörte wieder ein Maunzen, das diesmal aber etwas Forderndes hatte. Jetzt erwies sich seine immer noch recht großzügige Lagerhaltung wieder einmal als vorteilhaft. Kaum jemand in Wiesbachtal kaufte Katzenfutter, aber Polt hatte es natürlich im Sortiment, darunter sogar eine besondere Zubereitung für Jungtiere. Mit einiger Rührung holte er den Futternapf seines entschlafenen Katers Czernohorsky hervor, säuberte ihn und häufte eine angemessene Portion auf. Er nahm seinen Besucher, stellte ihn vorsichtig auf den Boden und tauchte sanft dessen winzige Nase ins Futter. Dann wartete er interessiert ab, und es war ihm ganz warm ums Herz, als er sah, dass es dem Katzenkind mundete.

Ausreichend gesättigt, interessierte sich das Kleintier nicht länger für seinen Gastgeber und dessen Wohltaten. Der Kater – die gedrungene Gestalt und das dickköpfige Wesen sprachen für ein männliches Tier – fing ohne Hast, aber mit spielerischem Eifer damit an, sein Haus zu erkunden. Jetzt erst dachte Polt darüber nach, wie dieser neue Mitbewohner zu ihm gekommen sein konnte. Auf eigenen Beinen wohl nicht. Also hatte jemand, der den Gemischtwarenhändler und seine Gewohnheiten kannte, den Fahrradausflug für eine gute Gelegenheit gehalten, vermutlich unerwünschten Nachwuchs loszuwerden. Polt war im Grunde genommen damit einverstanden und seine Familie würde er schon zu überzeugen wissen, dass dieser haarige Neuling eine willkommene Bereicherung war.

Ein hartes Klopfen an der Ladentür störte die Abendruhe. Draußen stand Grete Hahn.

„Je später der Abend, desto schöner die Gäste. Sprichwörter haben auch nicht immer recht, was?"

„Frechdachs." Frau Hahn stellte zwei prall gefüllte Einkaufstaschen ab. „Du weißt ja, wie das ist: In mondhellen Nächten gesellen sich die einsamen Witwen zum übrigen Nachtgetier und flattern unruhig von Haus zu Haus, magisch angezogen vom Licht in den Fenstern. Männer, die freiwillig die Tür öffnen, haben sich die Folgen selbst zuzuschreiben."

„Welche?"

„Jetzt lass mich bitte verschnaufen."

„Komm nach hinten, aber schau, wo du hintrittst."

„Fallstricke, Selbstschussanlagen?"

„Aber geh. Ein Gast. Da, schau: auf dem Fleckerlteppich ..."

„Die Goldhamster werden auch immer dicker."

„Von wegen. Ein Kater! Glaub ich wenigstens."

„Wirklich?" Frau Hahn griff nach dem Tier, drehte es auf den Rücken und begann ungeniert und gründlich zu suchen. „Tatsächlich ein werdender Mann. Lass ihn rechtzeitig kastrieren, damit der nichts anstellen kann. Willst du gar nicht wissen, was ich mitgebracht habe?"

„Was Gutes wahrscheinlich."

„Was sehr Gutes: Gretes grandioses Grammelzwiebelknoblauchschmalz. Ha! Und jetzt hab ich ihn!"

„Wen denn jetzt schon wieder?"

„Einen Namen für dieses Untier: Grammel."

„Es heißt aber *die* Grammel."

„Egal. Aber sonst passt alles: die Farbe, die Statur und wahrscheinlich ein paar schwer verdauliche Eigenheiten."

„Mh, ja, einverstanden. Darf ich jetzt kosten?"

„Du musst! Hast anständiges Schwarzbrot da?"

„Allerdings. Original Wiesbachtaler Krustenbrot. Fast noch frisch."

„Frisch! Ich muss schon sagen! Das hätt es bei der Habesam nie gegeben. Hast schon zu Abend gegessen, Simon?"

„Nein."

„Ich auch nicht. Darf ich Hausfrau spielen bei dir, ausnahmsweise?"

„Aber ja ..."

Polt kaute beglückt. „Da ist dir aber was gelungen, Grete! Kann ich das Rezept haben?"

„Ausnahmsweise. Das Wichtigste ist ein ordentlicher Rückenspeck vom Herbert Gassl."

„Natürlich bei mir im Angebot."

„Sehr lobenswert. Dieses schneeweiße Wunder schneidest du in putzige Würfel und die werden dann ausgelassen, auf kleiner Flamme und ganz, ganz langsam. Umrühren nicht vergessen. Wenn dann die Grammeln oben schwimmen, kommt ein Schuss Milch dazu, außerdem gibst du ordentlich viel fein gehackte Zwiebeln dazu, Knoblauch natürlich auch. Gewürzt wird mit Salz, Kümmelpulver und Basilikum. Die Grammeln herausnehmen und in einem Sieb ausdrücken. Ungefähr ein Drittel davon kommt in einen großen Topf, das Fett wird darübergegossen und dann heißt es beim Auskühlen wieder einmal rühren und nochmals rühren, damit sich alles gut verteilt. Dreißig Gläser habe ich für dich ... na ja, nach unserem Abendessen sind es nur noch 29. Und die restlichen Grammeln gehören dir persönlich, damit du mir nicht zu mager wirst, auf deine alten Tage. Simon?"

„Ja?"

„Du hörst mir nicht richtig zu."

„Entschuldige ... die Laura Eichinger ... weißt du schon?"

„Ja, ich hab's im Internet gelesen. Wenn ich nämlich nicht gerade nach reichen, dummen Freiern fahnde, die ich aussaugen könnte, lese ich gerne die Polizeinachrichten, blutrünstig, wie ich nun einmal bin. Als mir dann klargeworden ist, dass es sich um die Laura Eichinger handelt, war's allerdings mit der Lust am Bösen vorbei. So ein liebes Mädchen! Zum Heulen ist das."

„Hör ich heute nicht zum ersten Mal. Hast sie gekannt, die Laura?"

„Ein wenig. Ich bin ja Stammkundin bei ihrem Vater, dem Hannes. Nicht deine Welt, Simon, ich weiß schon. Auf das überdrehte Drumherum kann auch ich verzichten. Aber seine Weine spielen schon in einer anderen Liga, und zwar international. Na ja, ist jetzt nicht so wichtig. Die armen Eltern! Und ich versteh's nicht. Nie hab ich die Laura anders gesehen als freundlich, aufgeschlossen und auf eine herrlich unkomplizierte Weise kompetent. Orientierungslose, launische Fratzen gibt's auch bei uns genug. Aber die Laura ... Weinbaufachschule, Gastronomie ... mit fünfzehn war die schon Winzerkönigin, Simon! Und dann treibt sie tot im Wasser. Sei froh, dass du kein Gendarm mehr bist."

„Ja, bin ich. Aber so etwas nimmt einen schon her, nicht wahr? War überhaupt ein schwieriger Tag heute. Ich erzähl dir irgendwann davon. Warst du übrigens in der Kellergasse am Sonntag?"

„Klar. Wenn frau schon immer weniger Ausschweifungen erlebt, altersmäßig, mein ich, will sie wenigstens zuschauen dabei. Ein vom Punsch befeuerter Krieg der Geschlechter, alte Kameraden und junge Stänkerer, wütende Dissonanzen bei der Dorfmusik und – jetzt halt dich an, Simon – ein Pornodreh in einem verlassenen Presshaus abseits der Kellergasse. Der Sepp Räuschl hat's mir erzählt. Er war schon auf dem Heimweg, da hat er ein schauerliches Jodeln und Kichern vernommen und durchs Presshausfenster die ganze Bescherung gesehen."

„Und?"

„Still und leise hat er zugeschaut, weil er ja wissen wollte, wie die Geschichte ausgeht, damit er sich nachher auch wirklich eindrucksvoll empören kann."

„So ein Schlaucherl. Und mir erzählt er kein Wort davon."

„Weil eben nur ein sittlich gefestigter Mann wie er so etwas Abscheuliches ohne Schaden übersteht. Und du bist und bleibst ein verkappter Sünder, mein lieber Simon."

„Wenn du meinst. Aber die gute Grete ist ein Ausbund an Tugend, nicht wahr? Wann hast ihn denn getroffen, den Sepp?"

„Heute Nachmittag, in seinem Weinkeller. Auch bei ihm bin ich Stammkundin. Der hat einen Veltliner-Weißburgunder-Verschnitt, zum Niederknien! Allerdings nur in der Doppelliterflasche, ohne Etikett, versteht sich. Wenn so ein blödes Papierl draufpickt, pflegt der Sepp zu sagen, ist es mit der Ehrlichkeit auch schon vorbei."

„Sag einmal, Grete, so ganz unter uns: Wie geht's dir denn so mit der Trinkerei?"

„Auf diese Frage stoßen wir feierlich an, Simon!"

„Meinetwegen. Ein ganz junger Grüner Veltliner vom Höllenbauern ist im Kühlschrank. Recht so?"

„Was soll ich sagen? Eine endlose Geschichte mit enden wollender Moral." Grete Hahn hatte nur einen ganz kleinen Schluck getan und stellte ihr Glas auf den Tisch. „Während meines Ehe-Albtraums hab ich gesoffen, weil es anders nicht auszuhalten war. Behaupte ich jetzt einmal. Nach dem Tod meines Mannes habe ich weitergesoffen, weil mir nichts Besseres eingefallen ist. Dann habe ich eine nicht sehr ehrenwerte Läuterung von der Säuferin zur Trinkerin erfahren, vorzugsweise mit Männern gemeinsam, die ich nüchtern keines Blickes gewürdigt hätte. Zu guter Letzt ist es mir dann gelungen, zur lustvollen Genießerin zu werden. Die Menge ist nicht mehr so wichtig. Nur das Fest der Sinne zählt. Und wenn es so zwei-, dreimal im Jahr zu einem prächtigen Besäufnis kommt, finde ich das recht entspannend."

Beide hoben die Gläser, ließen sie klingen, tranken und schwiegen. Es war ein freundliches, einträchtiges Schweigen, und es tat ihnen gut.

Später dann berührte Frau Hahn beiläufig Polts Hand. „Eins ärgert mich schon. Ich könnte noch Stunden bei dir nachts herumsitzen und würde dich doch nicht um deinen guten Ruf bringen. Nimmt mir keiner mehr ab."

„Ein Problem weniger." Polt stand auf, räumte das Geschirr ab und stellte es ins Abwaschbecken. „Übrigens hab ich die Laura am Sonntag unter Jugendlichen gesehen, die aus dem Presshaus vom Kameradschaftsbund gekommen sind."

„So? Wundert mich eigentlich. Die hat doch Einladungen für die Weinlounge verteilt."

„Das ist ihr irgendwann fad geworden."

„Wie kommst du darauf?"

„Ich hab die Karten gefunden, besser gesagt, die verkohlten Reste davon."

„Die Laura zündelt nicht."

„Offenbar doch. Vielleicht wollt sie Eindruck schinden, unter Freunden?"

„Auch nicht ihre Art. Die Marietta Eichinger hat mir einmal erzählt, so von Frau zu Frau, dass ihr das Mittun in ihrer Clique bald einmal auf die Nerven gegangen ist: vorglühen, die Disco in Znaim, die besoffene Höllenfahrt zurück und die Eierspeis im Presshaus, zur Ausnüchterung und so."

„Und dann war sie nur noch brav."

„Würd ich so auch nicht sagen. Vernünftig eben, aber guter Dinge. Und ein ganz klein wenig Unvernunft hat es ja auch gegeben, so zwischendurch."

„Womöglich gar ein Mann?"

„Von wegen Mann! Lauter blöde Buben, was man so hört. Von einem habe ich sogar einmal den Namen aufgeschnappt. Wie war der noch? Jetzt weiß ich's: Benni."

Der minimale Mittwoch

Irgendwann, und nicht einmal ganz alte Leute im Wiesbachtal wissen, wie alles begann, hatte sich die Meinung durchgesetzt, dass die Woche in dieser an sich ruhigen Gegend eigentlich mit sechs Tagen ihr Auslangen fände. Natürlich wagte es niemand, am Rad der Zeit zu drehen oder den Gregorianischen Kalender in Frage zu stellen. Aber man gestattete es sich, den Mittwoch allmählich außer Acht zu lassen. Die Wirtshäuser waren unwirtlich, die Kaufhäuser verkauften nichts, und was eigentlich stattfinden sollte, war schon geschehen oder wurde eben tags darauf erledigt. Wer Bescheid wusste, zog sich in die Tiefen seiner Behausung zurück und wartete gelassen ab, bis die Zeit wieder zählte. Unkundige Fremdlinge hingegen waren zu listigen Überlebensstrategien angehalten.

An einem solchen Mittwoch wachte Simon Polt auf und dachte darüber nach, ob er sich dieses Aufwachen nicht ersparen hätte können. Nein, hätte er nicht: Immerhin gab es einen werdenden Kater mit dem nahrhaften Namen Grammel im Haus, und der wollte ein Frühstück haben. Nach einigem Suchen fand Polt das Tier im kleinen Schaufenster seiner Gemischtwarenhandlung. Hier hatte er im Sinne gelebter Pietät alles beim Alten belassen, aber auch, weil er Frau Habesams energischem Gestaltungswillen vergnügt Respekt zollte. Ein klassischer Reisbesen teilte das Geviert in der Diagonale. Oberhalb fesselte ein Abreißkalender den Blick: Der dicke Block mit je einem Zettel für jeden Tag des Jahres war von wilden Rosen umwuchert, auf denen Nachtigallen saßen. Nicht zu vergessen ein in Zellophan gehülltes Paket rot karierter Geschirrtücher. Die kleine waagrechte Stellfläche unterhalb teilten sich eine Gottesmutter aus bunt bemaltem Gips, eine Flasche Rosstinktur, eine Packung Malzkaffee und eine kleine blaue Plastikschüssel. In letzterer lag der Kater, zu seiner ursprünglichen Kugelform zurückgekehrt.

Nach dem gemeinsamen Frühstück nahm Polt ein Glas mit Gretes Schmalz aus dem Kühlschrank und verließ das Haus. Er hatte wenig Lust darauf, diesen leeren Tag allein zu verbringen – und der Hof des Höllenbauern war nur ein paar Minuten entfernt. Viele Jahre hatte Polt dort gewohnt und er gehörte noch immer irgendwie zur Familie. Er durfte also auf einen behaglichen Vormittag und ein geselliges Mittagessen hoffen.

In der geräumigen Küche angelangt, überreichte er sein Gastgeschenk und bemerkte, dass auch andere auf ihrem ziellosen Weg durch die ungemessene Zeit hier gestrandet waren. Sepp Räuschl hatte eine sehr große Kaffeetasse mit Goldrand vor sich stehen, auf der „Gruß aus Mariazell" zu lesen war, und Christian Wolfinger, wieder einmal in Jagdgrün gehalten, leerte grinsend ein Schnapsglas. „Vorbeugende Verdauungshilfe fürs Mittagessen! Es gibt Schweinsbauch mit Kruste und Semmelknödel."

„Und zum Nachtisch Weinbeerstrudel", ergänzte die Höllenbäuerin. „Hab ich für dieses Fest am Sonntag gebacken. War dann aber zu viel."

„Ja, wenn's wegmuss ..." Polt setzte sich neben den Höllenbauern, der ihm eine eben erst geschälte Knoblauchzehe unter die Nase hielt. „Für den Gurkensalat, Simon."

„Kannst ruhig ein paar mehr nehmen, Ernstl. Die Karin ist weit weg."

„Magst was trinken?"

„Später dann, zum Essen. Und du, Sepp, sag einmal, alter Hallodri! Hast die wildesten Erlebnisse und erzählst deinen besten Freunden nichts davon. Der Frau Hahn aber schon."

Sepp Räuschl grinste. „Die alte Sünderin kann ruhig wissen, dass auch ich so allerhand weiß. Aber ihr seid's viel zu jung und unfertig für solche Anfechtungen. Aber gut, meinetwegen. Ich nehm also einen Abschneider am Presshaus vom Krautwurm Willi vorbei, Gott hab ihn selig. Da hör ich eine Frau: Hat erst furchtbar falsch gejodelt und dann blöd gelacht. Als ob sich so was gehört, in einem ehrsamen Presshaus. Ich seh Licht, aber die Tür ist zu. Also schau ich durchs Fenster, seh Leute, einen mit so einem Filmapparat und zwei in Tracht: Lederhose und Dirndl, obwohl das ja gar nicht bei uns in die Gegend passt. Da ist mir eingefallen, dass ich das komische Gespann schon früher in der Kellergasse gesehen hab, auch mit dem Filmmenschen dabei. Werden also einen Heimatschinken drehen, hab ich mir gedacht, „Herbstzauber in der Lederhose" oder so. War aber weniger was mit Heimat. Im Presshaus haben sie sich nämlich das Gwand vom Leib gerissen, war eh nicht schad drum, ums Gwand, mein ich. Er hat nur die grünen Stutzen anbehalten und bei ihr war immer noch der Hut auf dem Kopf. Vertragt's ihr noch mehr?"

„Aber ja."

„Sie haben's im Stehen probiert, ihr wisst schon was, dann in der Weinpresse und über einen Bottich hat sie sich auch bücken müssen. Da ist ihr dann endlich der Hut herabgefallen. So ein Blödsinn, sag ich! Unsereiner hätte das Weiberleut ordentlich auf den Boden ausgebreitet und sich draufgeschmissen. So funktioniert das nämlich."

Der Wolfinger hob anerkennend sein Schnapsglas. „Er kennt sich halt aus, der Sepp."

„Besser als die zwei schon. Und fertig waren sie auch viel zu gschwind. Dann haben sie sich angezogen und ich bin auf und davon. Man will ja nichts zu tun haben mit solchen Leuten."

„Höchstens heimlich."

„Man muss ja wissen, was so vorgeht, in der modernen Welt. Kommt irgendwann ein Junger und will mich was fragen, kann ich mich auf meinen Erfahrungsschatz verlassen."

Christian Wolfinger schaute jetzt nachdenklich drein. „Dich wird aber niemand fragen, Sepp. Die fragen keinen, nicht einmal sich selber, die tun, was ihnen in den Sinn kommt, und denken später drüber nach, wenn überhaupt."

„Das weiß er natürlich, der Herr Jäger."

„Freilich. Unter anderem deshalb, weil wir uns ja mit der Dorfjugend das ehemalige Milchhaus am Wiesbach teilen."

Polt kostete von einer Knoblauchzehe. „Und das geht gut?"

„Klar. Wir sind ja fast nie gleichzeitig dort. Aber man bekommt doch so einiges mit. Und als Jäger hat man auch eine gewisse Autorität, nicht wahr?"

Räuschl hob grinsend das Mariazeller Häferl. „Ja, unter den Rebhendeln."

„Mein lieber Sepp! Mit Schweinereinen kennst dich ja ganz gut aus. Aber vom Waidwerk verstehst einen Dreck."

Polt hob mahnend die Knoblauchzehe. „Lass ihn, Christian. Aber sag einmal: Gibt es so was wie einen Chef bei den Jungen?"

„Ja, derzeit ist das der Gonzo, soviel ich weiß. Das ist bei denen ungefähr wie im Wolfsrudel. Einer setzt sich durch, weil er wilder, stärker und schlauer als die anderen ist, mit einer Portion Erfahrung außerdem. Irgendwann kommt ein Neuer, fordert ihn, einer gewinnt, der andere unterwirft sich, und schon geht es wieder friedlich weiter. Bei Menschen ist das halt um einiges komplizierter."

„Verstehe. Und der Benni?"

„Läuft mit im Rudel und wird bestimmt nie der Chef."

Nach dem Essen machte sich träges Schweigen breit. Erika Höllenbauer hatte sich zu den Männern an den Tisch gesetzt, ihr Mann ging zum Kühlschrank. „Ein Grüner Veltliner vom Vorjahr. Passt das?" Zufriedenes Nicken allerseits, dann war nur noch das Klingen der Gläser zu hören und Sepp Räuschls vernehmliches Schlürfen. Er legte den Kopf nachdenklich schief, kostete noch einmal, dann konnte sein Gesicht innige Lust nicht länger verleugnen. Er stellte das Glas ab, lehnte sich zurück und gab sich dem leisen Nachklang der frischen, lebendigen Aromen hin. Er schloss die Augen, wandte seinen Blick nach innen und sah dort nur fülliges Behagen. „So ist ein Tag, der zu nichts gut ist, dann doch ganz brauchbar. Gut gemacht, Ernstl, wirklich sehr anständig! Wenn du dann auch noch meine Erfahrung hast, könnt glatt ein richtiger Weinbauer werden aus dir. Allerdings", er warf einen giftigen Blick auf den Kühlschrank, „kellerfrisch wär halt kellerfrisch."

Der Höllenbauer schenkte nach. „Wird schon stimmen, irgendwie. Aber ob du bei einer Blindverkostung den Unterschied bemerkst, würd mich schon interessieren."

„Mich auch!" Polt legte kurz beide Hände um das Glas und dachte an das alte, mit beiläufiger Sorgfalt geübte Zeremoniell des Kostens, an den Weg aus dem Licht des Tages ins dämmrige, schon kühlere Presshaus, hinunter in den Keller, das Eintauchen in eine zeitlose, in sich selbst geborgene Höhlung im Bauch der Erde. Mit dem Wein kam auch stets ein wenig vom Wesen dieser Unterwelt mit nach oben.

„Jetzt muss ich dich doch einmal fragen, Ernstl: Du hast einen wunderschönen Keller. Warum sind die Fässer leer?"

„Das kann ich dir gern sagen. Leider ist mein Keller feuchter als andere, auch modrig. Das bedeutet eine problematische Atmosphäre, Schimmelpilze im Holz der Fässer – und das spürt auch der Wein. Natürlich lässt sich so etwas klimatechnisch regeln, auch wenn's verdammt teuer ist. Aber am Ende hab ich dann eine Art Kühlschrank, der wie ein Keller ausschaut, hab ich mir überlegt. Und außerdem: Du weißt, wie die Trauben ausgeschaut haben, im letzten Jahr."

„Zum Fürchten. Viele angefaulte darunter ... der verdammte Regen."

„Zur falschen Zeit, ja. Da muss man schon alle Register ziehen, damit noch was draus wird. In meinen Stahlbehältern kann ich den Most schnell kühlen, im Keller braucht das eben seine Zeit. Ich kann den Most rasch klären, die Gärung ganz genau mit der richtigen Temperatur steuern, Negatives ausscheiden. Das Ergebnis kannst gerne verkosten, Simon."

„Wirst schon recht haben. Aber er fehlt dir schon, dein Keller ..."

„Und wie. Aber wir lassen ihn ja nicht im Stich. Verkostet wird immer noch da unten, wir laden Künstler ein, sich mit der besonderen Atmosphäre auseinanderzusetzen."

„Besser als gar nichts, ja. Übrigens bin ich gestern Abend zufällig in das einschichtige Presshaus vom

Peter Seidl geraten. Unglaublich, was es da so gibt unter der Erde."

„Hab ich schon gesehen. Und den Peter Seidl kenn ich ganz gut. Ich sag dir: Der Mann weiß, was er will und wie er es erreichen kann. Und er hat vor allem die Kraft und das Geld, das konsequent zu verwirklichen. Es gibt nicht nur einen richtigen Weg und es muss halt jeder den seinen finden."

„Sehr weise gesprochen, mein Freund."

Simon Polt war der letzte Besucher der Höllenbauern, der an diesem achtlos verlorenen Tag den Heimweg antrat. Er freute sich auf einen stillen Abend in der Gesellschaft seines Findelkaters. Von der Hauptstraße bog er in eine sparsam beleuchtete Gasse ab, die hinter der Kirche vorbei zum Kaufhaus Habesam führte. Er war schon fast am Ziel, als er sah, dass sich jemand aus dem Dunkel löste und auf ihn zukam. Polt blieb stehen, schaute sich um und bemerkte, dass offenbar noch mehr Leute Interesse an ihm zeigten. Gleich darauf sah er sich von jungen Menschen umringt, die ihn stumm betrachteten. Einer trat dicht an ihn heran. Polt schaute in ein blasses Gesicht. „Abend, Herr Polt!"

„Gonzo?"

„Exakt. Der Mann weiß Bescheid."

„Erst seit heute. Der Wolfinger hat erzählt."

„Ah, der. Sie waren dabei, als wir am Sonntag aus dem Kameradschaftsbunker gekommen sind."

„Ja, stimmt."

„Ja, und?"

„Nichts und. Jedem das Seine, sag ich immer."

„Ganz meine Rede. Ruhen Sie sanft, Herr Polt!" Gonzo tippte mit zwei Fingern der rechten Hand an eine imaginäre Uniformmütze und gleich darauf war Polt wieder allein.

Alte Kameraden

Der folgende Tag trug Trauer. Polt nahm ein weißes Hemd, eine schwarze Krawatte und jenen schwarzen Anzug aus dem Kasten, der auch nach vielen Jahren so gut wie neu war. Es gab eben wenige Anlässe für ihn. Begräbnisse wie das heutige gehörten dazu, aber auch zu seiner Hochzeit war feierliches Schwarz durchaus passend gewesen, allerdings mit einer verwegen silbrig schimmernden Krawatte kombiniert.

Vor ein paar Tagen war Gottfried Spahn gestorben. Ein Jahr noch und er hätte seinen hundertsten Geburtstag feiern können. Ach was, feiern ... damit hatte der Gottfried schon lange nichts mehr im Sinne gehabt. Er war erstaunlich gesund geblieben, auch klar im Kopf, aber erschreckend dürr und kraftlos geworden, irgendwie nicht mehr von dieser Welt. Das hatte ihn allerdings nie am täglichen Einkauf im Kaufhaus Habesam gehindert: Milch, weiches Weißbrot und Dörrzwetschgen. Neulich, im letzten Gespräch, das Polt mit ihm geführt hatte, war unvermutet ein seltsames Lächeln in sein Gesicht geraten. „Es wird schon fad, Simon!"

Jetzt war dem Gottfried nicht mehr fad. Man hatte ihn für seinen letzten Weg manierlich herausgeputzt, feierlich lag er aufgebahrt da und wartete in jenseitiger Gelassenheit darauf, dass er zu Grabe getragen werde. Bis vor wenigen Jahren hatte er noch als Weinbauer gearbeitet und nach Kräften im dörflichen Leben mitgewirkt. Am Ende war Gottfried Spahn Ehrenobmann der Feuerwehr gewesen, Präsident des Weinbauvereins und hochdekoriertes Mitglied im Kameradschaftsbund.

Nach der Totenmesse schritt die Trauergemeinde hinter dem Sarg her: der Pfarrer mit den Ministranten, die Familie, die Dorfmusik, die verbliebenen Kameraden in Reih und Glied, Delegationen anderer Vereine, der Bürgermeister mit den dörflichen Honoratioren und dann viele, viele Menschen aus Burgheim und Brunndorf. Gottfried Spahn war eben ein geachteter Mann gewesen und einer, den eigentlich alle gemocht hatten.

Natürlich wurden nach den Worten des Priesters am offenen Grab Reden gehalten. Der Bürgermeister hatte sich einen schlichten, fast freundschaftlichen Ton zurechtgelegt, der Obmann des Kameradschaftsbundes hingegen wies mit tragender Stimme darauf hin, dass der Dienst am Vaterlande eines der höchsten Güter im Leben des Verstorbenen gewesen sei, und dabei möge es auch für künftige Generationen bleiben, jawohl.

Es dauerte lange, bis die vielen Menschen Abschied genommen hatten. Einige von ihnen waren zum Totenmahl geladen worden. Friedrich Kurzbacher hatte den Kirchenwirt aufgesperrt, und seine Frau werkte schon seit den frühen Morgenstunden in der Küche. Es war notwendig gewesen, den großen Saal zu öffnen, der seit vielen Jahren unbenutzt vor sich hin dämmerte. Nun waren die Tische feierlich gedeckt, aber es roch ein wenig eigenartig nach weggeräumtem Leben und schaler Stille. Damit war es vorbei, als Schweinsbraten und Schnitzel aufgetischt wurden, als aus gedämpftem Gemurmel Gespräche wuchsen, da und dort auch ein leises Lachen aufflackerte.

Nach dem Mahl löste sich die strenge Ordnung allmählich auf, kleine Gruppen bildeten sich, einige Gäste zogen in die Gaststube um, weil es dort ja doch gemütlicher war, und nicht wenige Männer standen vor der Schank, um dort den stärkenden Getränken näher zu sein. Friedrich Kurzbacher und Sepp Räuschl hatten als Wirtsleute alle Hände voll zu tun, gingen aber mit erstaunlichem Elan ans Werk und waren offenbar guter Dinge dabei. Im kleinen Extrazimmer, wo es etwas ruhiger herging, saß Simon Polt und wollte sich eben mit gebotener Andacht dem Blauen Portugieser widmen, als sich Rudolf Resch zu ihm setzte, seines Zeichens Kassier im Kameradschaftsbund. „Unser Simon Polt! Hat er überhaupt gedient?"

„Gedient? Wem? Als was?"

„Na im Heer, mein ich."

„Ach so. Infanterist in der Schreibstube."

„Hab ich mir so ähnlich gedacht. Aber so ist das mit den jungen Leuten. Die taugen zu nichts mehr. Möchte wissen, wohin das führen soll."

„Wird schon was werden, nicht wahr?"

„Ja, irgendwas, ohne Ziel, ohne Orientierung. Und dann sind alle entsetzt, wenn was passiert wie mit der Laura Eichinger." Resch beugte sich vor. „Weißt du übrigens, Simon, dass die einmal bei uns war?"

„Was?"

„Ihr Großvater hat es ihr angeschafft. War zu Lebzeiten einige Zeit unser Obmann. So hat die Laura halt Schreibarbeiten gemacht, die Kassa geführt, Zettel ausgetragen. Braves Mädel gewesen. Alle Achtung!"

„Und warum ist sie weg?"

„Eine lange Geschichte, Simon, und dir kann ich's ja erzählen. Ein junges Mädchen unter gestandenen Männern ... na ja, da haben wir halt unseren Spaß gehabt, wir sind ja auch heiter und humorig. Und ein bisschen aufs Popscherl klopfen wird man wohl noch dürfen, und wenn einer versehentlich am Busen angekommen ist, war's ja eh in aller Unschuld. Der Pamperl Franz, der wilde Hund, hat ihr aber einmal einen Kuss auf den Mund gegeben. Also, das ist einer! Die Laura hat nie was gesagt, war immer freundlich dabei und wahrscheinlich war ihr das alles ganz recht. Aber dann hat sie sich mit dem Benni, dieser Rotzpippen, was angefangen. Offenbar hat sie ihm dann erzählt, wie's bei uns zugeht, also lustig und kameradschaftlich. Der Benni war aber der Meinung, dass er frech werden muss. Also gut, haben wir gesagt, dann wird eben gehandelt, hart, aber gerecht. Unehrenhafte Entlassung und die Laura war Geschichte. So ist das nämlich."

„Und am Sonntagabend in der Kellergasse? Ich war zufällig in der Nähe."

„Sind die besoffenen Lackeln einfach zu uns ins Presshaus hinein und haben gestänkert. Hausfriedensbruch nenn ich das."

„Die Laura war dabei, wenn ich recht gesehen habe?"

„Ja schon, aber die war nicht so richtig da. Hat sich hingesetzt und dreingschaut wie ein Schaf. Als dann die Jungen damit angefangen haben, unsere Sachen zu ruinieren, haben wir eingreifen müssen. Wir sind alt, Simon. Aber wir haben gelernt, wie man kämpft. Wer an der Front dem Tode ins Aug schauen hat müssen, hat keine Angst vor blöden Buben."

„Und so ist der Benni zu seinem blauen Aug gekommen."

„Wer nicht hören will, muss fühlen." Kamerad Resch besänftigte seinen gerechten Zorn mit einem kräftigen Schluck. „Aus. Vorbei. Wir werden auch nicht zur Polizei gehen. Keine Anzeige. Alles geregelt." Dann lehnte er sich zurück und schloss sinnend die Augen. Endlich schaute er Polt an und ein Ausdruck schwärmerischer Sanftmut war in seinem Blick. „Wir werden verkannt, Simon. Wir stehen eisern zu unseren Werten. Aber wir gehen auch mit der Zeit." Er rückte seinen Sessel näher an den Tisch, beugte sich vor. „Also das mit dem Nationalen, zum Beispiel. Von gestern, sag ich, das geht nicht mehr. Und ich habe vor, den Worten Taten folgen zu lassen. Eine Weihestätte für Europa wird entstehen, hier, in unserer teuren Heimat Burgheim im schönen Wiesbachtal! Ein Platz, wo für jeden Staat der passende Stein aufgestellt ist, nicht der Reihe nach, sondern brüderlich im Kreis! Was sagt er jetzt, der Simon Polt?"

„Ich staune."

Ein verschwörerisches Lächeln stahl sich ins Gesicht des Europäers Resch. „Und den deutschen und den österreichischen Stein rücken wir ein bissl näher zusammen."

Schon halb im Gehen stellte sich Polt noch zu den Männern an die Schank. „Geht's, Friedrich, oder soll ich helfen?"

„Das hätt dir schon vor zwei Stunden einfallen können. Jetzt braucht dich kein Mensch mehr. Willst was trinken?"

„Ein kleines Bier bitte!"

„Das dauert aber. Sonst wird die Schaumkrone nichts."

„Ich kann warten."

„Eine christliche Tugend, Simon."

Jetzt erst bemerkte Polt den Pfarrer, der neben ihm stand und mit einer kleinen Kopfbewegung zur Tür hindeutete. „Bist du angeworben worden vom Herrn Resch?"

„Im Gegenteil: schon vor der Aufnahmeprüfung durchgefallen. Ich bin zwar auch von gestern, aber anders von gestern."

„Natürlich. Ich kann die alten Knaben aber ganz gut verstehen, bei allen berechtigten Vorbehalten.

In ihrer Generation war das Leben hier bei uns im Wiesbachtal noch klar bestimmt: Arbeit, Sonntag, Arbeit. Dazu Taufe, Hochzeit, Begräbnis, ein paar Feiertage. Eine kleine, verdammt enge Welt, und kaum einer hat je etwas anderes kennengelernt. Und dann auf einmal: der Ruf zu den Soldaten, der Weg in die weite Welt, zum Kampf und zum Sieg. Ich hab mir erzählen lassen, wie das vor dem Ersten Weltkrieg war. Die tauglichen Burschen sind nach Haus stolziert wie die Gockel, entsprechend herausgeputzt. Manche haben auch noch viel Geld für irgendwelche kitschigen Fantasie-Urkunden ausgegeben, dick gerahmt mit goldfarben angestrichenem Gips. Na ja, im Krieg war's dann nicht mehr so weit her mit der Begeisterung. Aber als Held sein Leben fürs Vaterland gegeben zu haben, war schon auch was, zumindest in den Augen derer, die's überlebt haben. Also haben die Helden ihr Heldendenkmal bekommen, und jene, die heimgekommen sind, konnten natürlich die wildesten Geschichten aus der weiten Welt erzählen – das größte Abenteuer ihres Lebens."

„Fortsetzung folgt …"

„Na, ganz so arg war's da nicht mehr mit der Kriegsbegeisterung. Aber die perfekte Propaganda der Nazis hat ja doch wieder die Männeraugen funkeln lassen. Das Elend unmittelbar nach dem Krieg war groß, auch bei uns auf dem Land, und die Zeit danach war nicht viel besser. Das hast du zum Teil ja schon selbst erlebt, Simon: Besatzung, und zwar russische, der Eiserne Vorhang, wirtschaftlicher Niedergang, Abwanderung, keine Hoffnung, ein vom restlichen Österreich vergessenes armseliges Leben im Grenzland. Möchtest du als halb verhungerter, geschundener Kriegsheimkehrer auch noch daran mitgewirkt haben, dass es so gekommen ist? Da müssen dann halt ein paar ganz böse Feindbilder her. Die Erinnerung, mildtätig, wie sie ist, macht nach und nach aus der eigenen Rolle im Krieg ein tragisches Heldenepos und ein alter Kamerad hilft dem anderen dabei, mit dem Rest eines Lebens fertigzuwerden, das weiß Gott nicht einfach war."

„Das sollten S' einmal in die Sonntagspredigt einbauen, Hochwürden!"

„Lieber nicht, Simon. Da wird man schnell einmal missverstanden. Da schau her, später Besuch, mein unentbehrlicher Helfer in letzten Dingen!"

Erwin Städtner schaute sich um und trat dann entschlossen auf Sepp Räuschl zu, der als Zweitwirt hinter der Schank stand. „Sepp, gut, dass ich dich noch antreff! Also, ich weiß ja, was für ein sparsamer Mensch du bist. Umso mehr haben mir die fünfzig Cent imponiert, die du mir am offenen Grab als Trinkgeld in die Hand gedrückt hast. Aber ich hab auf die Schnelle nicht herausgeben können. Hier: ein Zwanzgerl retour!"

Sepp schaute verblüfft auf die Münze in seiner Hand, bekam einen tiefroten Kopf, lachte dann aber lauthals. „Jetzt hast mich voll erwischt, Erwin. Also, die nächste Runde geht auf mich!"

Sprechstunde

„Jetzt noch das Begräbnis von der Laura, und dann bleibst hoffentlich wieder für länger drin", murmelte Polt, als er den schwarzen Anzug sorgsam in den Schrank hängte. Solchermaßen wieder dem Diesseits zugewandt, ging er langsam die Treppe zur Gemischtwarenhandlung hinunter. In letzter Zeit hatte er Schmerzen in den Knien. Das ärgerte ihn, war auch lästig, aber es würde schon wieder besser werden, auch ohne Arzt. Kater Grammel bekam sein Futter, Polt bekam seinen Kaffee und beide waren zufrieden. Bald darauf stellten sich auch die ersten Kunden ein: Schulkinder hatten schon vor einiger Zeit Frau Habesams Gewölbe als eine Art Abenteuerspielplatz für sich entdeckt, stöberten viel und kauften wenig. Ein junges Paar, das Polt nicht kannte, hatte sich ganz begeistert umgeschaut, vergnügt eingekauft und den Gemischtwarenhändler auch noch fotografiert. Polt sah Fahrräder auf ihrem Auto, das vor der Tür parkte. Gegen drei kam wie fast jeden Tag der Briefträger und gönnte sich nach der Arbeit eine Jause im Küchenbüro. Nach und nach war es in Burgheim üblich geworden, das Kaufhaus Habesam auch als Gasthaus zu nutzen, weil der Kirchenwirt ja nur an Wochenenden aufsperrte. Sogar der Notar, der einmal wöchentlich im zu groß geratenen Rathaus seines Amtes waltete, war gerne hier und holte sich von Polt ein paar Informationen, die es ihm leichter machten, mit den Wiesbachtalern zurechtzukommen.

Als aber gegen Abend Peter Seidl eintrat, war Polt überrascht. „Ja grüß Gott, was verschafft mir die Ehre?"

„Von wegen Ehre! Ich bin gerade dabei, einen ganz dummen Fehler auszubessern."

„Um was geht's denn?"

„Um ein sträfliches Versäumnis, mein lieber Herr Polt. Da arbeite ich seit Monaten mit Feuereifer an meinem Projekt, ohne zu bemerken, wie gut Ihr Geschäft dazu passen könnte. Darf ich mich umschauen? Wenn ich meine Neugiernase irgendwo nicht hineinstecken soll, pfeifen Sie mich einfach zurück."

„Treten S' halt nicht auf meinen Kater. Der liegt irgendwo herum und ist noch sehr klein."

„Wie heißt er denn?"

„Grammel."

„Sehr gut. In England ist mir einer mit dem Namen ‚mixed grill' untergekommen."

„Das versteh ich grad noch."

Seidl hörte schon nicht mehr richtig hin, zu sehr war er damit beschäftigt, Polts gemischte Warenwelt zu erforschen. „Unglaublich, wie viel Sie noch offen anbieten!"

„Ich will das Plastikzeugs nicht."

„Ja, denken Sie denn, ich? Und dieses Regal hier? Da haben Sie ja regionale Schätze aller Art gehoben! Wird's angenommen?"

„Sehr gut sogar. Für meine Verhältnisse wenigstens."

„Kurz gesagt: Was ich mir für meinen Keller mühsam zusammenreime, wird bei Ihnen längst Tag für Tag lebendige Wirklichkeit, nicht von des Gedankens Blässe angekränkelt."

„Wie bitte?"

„Shakespeare, Hamlet. Bitte entschuldigen Sie mein eitles Bildungsbürger-Unwesen. Ich meine nur: Ich denke darüber nach, ich träume davon. Sie tun es."

„Aha."

„Sagen Sie, Herr Polt, wäre es für Sie vorstellbar, dass wir bald einmal zu zweit noch mehr Erfolg haben?"

„Und wie soll das gehen?"

„Meine Kunden sind Ihre Kunden – und umgekehrt. Dann aber würde ich mir Ihr regionales Regal dreimal so groß wünschen oder noch viel größer!"

„Wird schwer gehen."

„Warum?"

„Weil sich die Sachen alle irgendwie ergeben bei mir und weil meine Leute liefern, was sie wollen und wann sie wollen. Oder auch überhaupt nicht, wenn sie gerade keine Lust haben."

„Bezaubernd. Lassen Sie mich nachdenken, mein Lieber. Ich will nicht noch neugieriger sein, als ich es ohnedies schon bin. Wie alt sind Sie eigentlich?"

„Auf die Siebzig geh ich zu."

„Und kein Gedanke an einen wohlverdienten Ruhestand? Ich meine, natürlich aktiv, hier im Geschäft. Sie walten als guter Geist in einem Haus, in dem Sie und Ihre Familie das Sagen haben. Die Arbeit erledigen andere."

„Wer?"

„Das läge zum Beispiel in meiner Verantwortung. Als Pächter oder so."

„Das wär der Frau Habesam nicht recht, glaub ich."

„Ah ja, die strenge Dame in Öl da oben. Aber etwas anderes wäre ihr schon recht, denke ich. Eine Frage: Wissen Sie, wie es nach Ihnen weitergeht, Herr Polt?"

„Wahrscheinlich überhaupt nicht. Ich glaub nicht, dass sich eins der Kinder dafür interessiert."

„Wenn es nach mir geht, geht es aber weiter. Dann hätte Frau Habesams Vergangenheit Zukunft. Und Sie bleiben hier der Chef bis ans Ende Ihrer Tage."

„Ich weiß nicht."

„Ja, klar. Bitte entschuldigen Sie mein Drängen. So bin ich eben, wenn mich die Leidenschaft packt. Aber irgendeine Art von Paarlauf, ich meine miteinander, könnten Sie sich schon vorstellen?"

„Ja, warum nicht?"

„Danke! Und noch etwas anderes, Herr Polt, weil es mir einfach keine Ruhe lässt: Weiß man schon mehr vom Tod der Laura?"

„Ich hab noch nichts erfahren. Warum auch? Irgendwann wird was in der Zeitung stehen."

„Ja. Und ich fürchte mich jetzt schon davor. Darf ich Ihnen was erzählen, Herr Polt?"

„Warum grad mir?"

„Gute Frage. Vielleicht weil ich glaube, in Ihnen eine verwandte Seele gefunden zu haben. Aber ich will Sie auch nicht belasten."

„Das tun Sie doch längst."

„Also gut: Seit ich denken kann, sind mir Schutzengel zuwider, diese geflügelte Auffanggesellschaft mit ihrer betulichen Fürsorge. Selbstverantwortung? Selbstbestimmtes Leben? Wer braucht das schon! Und das Ergebnis? Der Himmel und seine irdischen Niederlassungen behalten die Ordnungsmacht über das arme, hilflose Hascherl. Und ausgerechnet ich habe mir eingebildet, dass ich so ein Engel für die Laura sein könnte: oben ein Dach, ringsum eine Stütze und unter ihr ein Auffangnetz. Blöder hätt ich's nicht angehen können." Seidl schaute zur Straße hin. „Oh, verdammt, der Benni – und der hat was gegen mich, ganz zu Recht übrigens. Gibt's eine Hintertür in diesem Fuchsbau?"

„Durchs Lager und dann links."

„Dann rasch. Und bis bald!"

Benni ging einige Schritte auf Polt zu, blieb mitten im Raum stehen und schwieg.

„Warum bist du da?"

„Der Autobus von Burgheim bleibt ja ganz in der Nähe stehen. Bin ich halt hierher. Irgendwie ferngesteuert."

„Gut geht's dir aber nicht."

„Scheiß-Mitleid."

„Na, na. Komm nach hinten. Hast schon was gegessen heute?"

„Nein. Keinen Hunger."

„Der kommt schon."

„So! Speckbrot, Käsebrot, Wurstbrot. Bier oder sonst was?"

„Bier, wenn's geht. Herr Polt?"

„Was ist?"

„Der Gonzo und meine Freunde haben Sie angeredet, gestern Abend."

„So kann man's auch sagen. Aber du warst nicht dabei."

„Mir war's nicht recht, das Ganze. Aber einmal Gendarm, immer Gendarm, hat der Gonzo gesagt. Da kann es nicht schaden, wenn der Polt weiß, woran er mit uns ist. Dann macht er sich wenigstens nicht gemeinsam mit den alten Kameraden wichtig."

„Darfst du mir das überhaupt erzählen?"

„Mir doch egal. Und Sie haben ja sowieso gesehen, was in der Kellergasse los war, an dem Abend."

„Die Laura war nicht gut beieinander, hab ich gehört."

„Die dürfte schon getrunken haben, bevor sie mit uns gezogen ist. Und nach der Geschichte im Kameradschaftsbunker wollt sie nur noch nach Hause."

„Ah ja. Und dann habe ich noch was anderes gesehen, an diesem Abend: Lichter unten im Tal, dort, wo der Friedhof ist. Und tags darauf hat mir der Totengräber erzählt, dass er wieder einmal seltsame Hinterlassenschaften wegräumen darf."

„Werden sich ein paar Gruftis blöd gespielt haben. Die gehören nicht zu uns, kommen aus Breitenfeld. Nicht einmal in die Nähe möchte ich denen kommen."

„Und die Laura ist wegen dir aus dem Kameradschaftsbund geflogen?"

„Also doch ein Scheiß-Gendarm, der Herr Polt."

„Aber geh! Der Herr Resch hat sich gestern wichtig gemacht, im Wirtshaus, nach dem Begräbnis."

„Ein blöder Nazi und ein geiler Hund. Das passt."

„Er versteht's halt nicht besser."

„Halten zusammen, die alten Herren, was?"

„Kann sein. Aber nicht um jeden Preis. Was hört man vom Priml?"

„Nichts Neues, das ist arg genug."

„Ja. Und beim Bäcker arbeitest du noch?"

„Ja, Herr Polt. Der Benni funktioniert, Herr Polt. Danke, Herr Polt."

„Ich wollt dich nicht ärgern. Jetzt lass ich dich in Ruh. Bleib da, solang du magst, wenn du noch Hunger hast, nimm dir. Ich geh aufräumen."

„Soll ich mithelfen?"

„Wennst magst?"

Nach einer guten halben Stunde war die Arbeit getan. Benni trank noch den Rest Bier und wollte gehen. Auf halbem Weg verharrte er unschlüssig. „Also, das mit der Laura ... die war so was wie ein Wanderpokal bei uns. Fast jeder hat irgendwann was gehabt mit ihr. Und dann war halt ich an der Reihe und hab mir sogar eingebildet, dass ich der Letzte bin, weil sie ja diesmal den Richtigen gefunden hat. War auch eine irre, intensive Zeit am Anfang. Dann erzählt sie mir vom Kameradschaftsbund. Ich bin dreingefahren und hab nicht lockergelassen, bis sie weg war von dem Arschverein. Aber dann hab ich ihr auch vorgeworfen, dass sie sich das alles gefallen hat lassen von den alten Deppen. Hat sie gemeint, dass sie es eben immer allen recht machen will. Und wenn sie dich auf den Strich schicken, gehst auch, hab ich sie angeschrien. Dann hat's mir leidgetan. Aber die Luft war irgendwie draußen. Nie wieder ist es so geworden, wie es am Anfang gewesen ist, es war dann einfach nur noch fad mit ihr. Hab ich der Laura gesagt, dass es keinen Sinn mehr hat, und sie hat nichts darauf gesagt und genickt. Es war nichts Dramatisches. Sie hat es einem immer leicht gemacht, das mit dem Anfangen und das mit dem Aufhören. Das Ganze ist auch schon fast ein Jahr her und in letzter Zeit sind wir wieder recht freundschaftlich miteinander umgegangen. Na also, Benni, hab ich mir gedacht, bist ja doch kein Unmensch. Nur am Tag, als es passiert ist, hab ich irgendwie Angst gehabt. Dann haben Sie mir gesagt, dass sie tot ist, und der Blitz ist mir ins Hirn gefahren."

Polt schwieg, Benni schwieg, und vor dem Haus war es dunkel.

Niemandsnacht

Was war denn da los? War es ihm, dem Simon Polt, nicht ganz gut gelungen, sein Leben ins Gleichgewicht zu bringen? Und es hatte ihn noch nie gestört, dass er allmählich damit anfing aufzuhören. Aber Restmüll war er deshalb noch lange nicht, vor seiner endgültigen Entsorgung vielleicht noch von diesem Herrn Seidl mildtätig aufbewahrt und durchgefüttert. Der würde dann auch das Kaufhaus Habesam erfolgreich weiterführen, ganz echt und urig oder, schlimmer noch, echter als echt. Und der Simon Polt wäre sogar ein wenig dabei, irgendwie: freundlich um Rat gefragt, herzlich mit eingebunden, soweit ihm das noch zuzumuten war in seinem Alter.

Aber vielleicht war so ein Rest wirklich besser als gar nichts? War ihm nicht jetzt schon das Haus viel zu groß, wenn Karin und die Kinder fehlten?

Polt blickte unwillig zur gemalten Frau Habesam auf und diese schaute so ausdruckslos wie noch nie zurück. Also gut. Seine Art zu leben funktionierte nicht mehr so recht. Seine Welt, in der er sich geborgen gefühlt hatte, war ungemütlich geworden. Es zog durch Löcher, Spalten und Ritzen. Und er, der alte Narr, stopfte und flickte und besserte aus, zog sich die schäbige Hülle über den Kopf und um die Schultern und log sich vor, dass sie immer noch wärmte. Und jeder Versuch, Sinn zu stiften, endete mit der Erfahrung der eigenen Ohnmacht. Die Polizei in Breitenfeld hatte ihn mit höflichem Respekt wissen lassen, dass seine Beobachtungen und Gedanken so ziemlich nutzlos waren. Es gab Wichtigeres zu tun. Bastian Priml würde mit ihm oder ohne ihn den Weg ins finale Delirium finden, und diese Mira, deren Nachnamen er sich nicht merken wollte oder konnte, war sich selbst genug in ihrem verworrenen Spiel, in dem er als Publikum so halbwegs huldvoll hingenommen wurde, weil sich nichts Besseres fand. Für Benni war der Weg zu Polt dann und wann ein brauchbarer Ausweg, aber keiner, der an irgendein Ziel führen konnte.

Mehr und mehr mangelte es auch an Mitbürgern in Polts Welt. Den schwarzen Anzug würde er ja doch bald wieder einmal aus dem Schrank holen müssen, um hinter Sepp Räuschls oder Friedrich Kurzbachers Sarg herzugehen. Na gut, ihre Schatten blieben dann bei ihm und waren da, wenn er am Ende allein in seinem Presshaus saß, allein wie Ignaz Reiter, dem vor ihm das kleine Gebäude und der Keller darunter gehört hatten. Zeit seines Lebens war dieser Mann bettelarm gewesen und ohne Familie, auch ohne Freunde, soviel Polt wusste. Er hatte es verstanden, diese erbärmliche Welt mit seltsamen Fundstücken aller Art anzufüllen, sie auszustopfen, bis er nicht mehr sehen musste, dass sie immer noch leer war: eine reich dekorierte Einsamkeit, aber auch nur mit viel Wein und billigem Schnaps zu ertragen. Doch ging es nicht allen so? Der unverstellte Blick auf sich selbst war schwer zu ertragen und jeder versuchte auf seine Weise, sich davon abzulenken. Polt als Weinbauer? Sein Vater hätte ihn ausgelacht: dieses eine kleine Fass im Keller! Da war so eine modische Spinnerei vielleicht sogar ehrlicher, von der Polt neulich im „Illustrierten Heimatblatt" gelesen hatte: „Rent a Weinstock" – jeder ein Winzer, für wenig Geld und ohne Mühe. „Grantig, sehr grantig, der Herr", murmelte Polt, holte eine Bierflasche aus dem Kühlschrank und rückte die belegten Brote, die Benni übrig gelassen hatte, zurecht. Aber dann stellte er die ungeöffnete Flasche zurück und die Brote daneben.

Er ging nach oben, schaltete den Fernseher ein, sah ein gekentertes Flüchtlingsboot im Wasser treiben, entschloss sich, anderntags ordentlich zu spenden, und schaltete ab. Schade, dass er nie damit begonnen hatte, Bücher zu lesen. In dieser Hinsicht war er ein Kind geblieben: Er ließ sich von Karin erzählen, was darin stand, und manchmal las sie ihm auch vor. Aber heute war sie nicht da. Drei Jahre noch bis zu ihrer Pension als Kindergärtnerin. Und dann? Trotzig beschloss Polt, nicht darüber nachdenken zu wollen.

Er steckte eine Taschenlampe ein, griff zum Kellerschlüssel und verließ das Haus. Nein danke, kein Fahrrad, schon gar nicht eines für Damen. Leichter Wind war aufgekommen, strich nasskalt übers Gesicht. Polt zog die Schultern hoch, senkte den Kopf und ging durchs Dorf auf die Kellergasse zu, sehr langsam, um Zeit zu vergeuden. Die kleine Brücke über den Wiesbach, das ehemalige Milchhaus rechter Hand mit Licht in den Fenstern: Benni und seine Freunde vielleicht oder die Jäger ... Nach wenigen Minuten waren die ersten Presshäuser erreicht. Wie große, plumpe Tiere hockten sie da, dicht aneinandergedrängt und von wenigen Straßenlampen ins Halbdunkel geholt. An beiden Seiten der Kellergasse wandten sie einander die einförmig schmucklosen weißen Gesichter zu, hatten kleine Fensteraugen und große, verschlossene Türmünder. Nirgendwo war Licht zu sehen, keine Spur von Menschen an diesem Abend.

Früher, so wollten es die Spötter wissen, waren die männlichen Wiesbachtaler im November, sobald die ersten Fröste drohten, als eine Art Flachlandmurmeltiere in der freundlich temperierten Unterwelt ihrer höhlenartigen Weinkeller verschwunden und erst ein paar Monate später, im Februar irgendwann, ans Licht gekommen. Da war schon was dran. Je stiller und eintöniger das Leben im frostigen Weinland wurde, umso mehr Leben, vielstimmig und warm leuchtend, gab es im Keller. Es konnte schon vorkommen, dass aus einer fachkundigen Verkostung ein genießerisches Besäufnis wurde, mit Räuschen, zu denen man gut war, damit sie auch blieben. Die Frauen hatten irgendwann zur Kenntnis genommen, was da los war, brachten Essen in den Keller und nahmen den Zustand ihrer Männer hin wie ein Gewitter oder eine kranke Sau. Doch bei all dem uferlosen Übermaß gab es auch strenge Regeln: Es wurde nicht richtig gestritten, schon gar nicht gerauft, und einer, der mutwillig Wein verschüttete, musste mit der frischen Luft zu ebener Erde vorliebnehmen. Aber in einem solchen Fest der Sinne waren stets auch Schatten verborgen, ohnmächtiges Aufbegehren gegen allzu enge Grenzen und die Sehnsucht, über sich hinaus oder in sich hinein zu wachsen. Gleichviel: Wenn auch die zwingend folgende Ernüchterung ihre Schrecken hatte – die Reise war ja doch getan.

In den letzten Jahrzehnten war vieles anders geworden. Genießerische Weinkultur hatte Einzug gehalten in die Keller und Presshäuser. Damit war es heute aber auch schon wieder so gut wie vorbei. Nur wenige Weinbauern waren noch in der Kellergasse zuhause, und eine Handvoll alter Männer hielt dieser Welt, die ihr Leben so lange begleitet hatte, bis zum Ende die Treue.

Polt stellte sich vor, wie die Nacht um ihn unter seinen Füßen im Dunkel einer ungeheuren Unterwelt ihre Fortsetzung nahm, deren wahre Ausmaße, versteckte Höhlungen, Verbindungen und Trennungsmauern eigentlich niemand so richtig kannte, weil es vielleicht besser war, nicht alles zu wissen. Und diese Unterwelt war auch heimtückisch, ein vielgestaltiger

Hohlraum, der es nicht immer gut mit den Menschen meinte. Vor kaum drei Jahren waren Männer in einem Presshaus der Burgheimer Kellergasse gesessen, hatten getrunken und Karten gespielt. Einer von ihnen bemerkte einen Riss in der Wand, der ihm bisher nicht aufgefallen war. Die Männer gingen nach draußen, um zu sehen, ob sich eine Veränderung abzeichnete. Sie waren eben dabei, in aller Ruhe das doch recht merkwürdige Verhalten alter Lehmmauern zu erörtern, als das Presshaus mit aufreizender Langsamkeit begann, im Boden zu versinken, und erst sehr tief unten als Schutthaufen zur Ruhe kam.

Polts eigenes Presshaus war bisher nicht versunken und stand am oberen Ende der langen, mäßig ansteigenden Kellergasse. Er brauchte fast eine halbe Stunde, bis er am Ziel war. Schon einige Meter vor der Tür blieb er erschrocken stehen, weil ein Geruch in der Luft lag, der ihm Angst machte. Also rasch aufgesperrt, die Taschenlampe ... der Geruch, der Gestank, war jetzt schmerzlich intensiv: Benzin, Verbranntes, Rauch. Dann sah Polt auch schon einen verkohlten Fetzen, Rußspuren an der weiß gekalkten Wand. Er kniete nieder. Die Asche war noch warm. Es war nicht viel passiert, doch offenbar hätte viel mehr passieren sollen: Feuer, auf das Holz im Presshaus überspringend, bis es den Dachstuhl erreichte und nur rauchende Mauerreste übrigblieben. Polt strich sich fahrig über die Augen, setzte sich an den kleinen Tisch, zündete mit unsicherer Hand eine Kerze an und blies sie gleich darauf aus. Nein, er hatte nichts zu suchen in einem Presshaus, das nach Benzin und Asche stank, vor allem aber nach Bosheit und Zerstörungswut. Er wollte nur noch weg von hier. Im Licht der Taschenlampe sperrte er zu. Dann bemerkte er jenes kleine Kruzifix, das Ignaz Reiter an die Presshaustür genagelt hatte. Es war kein Kruzifix mehr, sondern nur noch grotesk verformtes Metall. Polt strich mit den Fingern darüber, wandte sich ab, stand da und starrte ins Leere. Dann fuhr er zusammen, weil er einen Schuss hörte und kurz darauf noch einen. Als er die Kellergasse erreichte, schaute er sich um. Nichts war zu sehen, nichts mehr zu hören. Nach einer Weile sah er aber doch nach Norden zu, irgendwo an der Grenze zu Tschechien, zwei Lichter, die sich auf ihn zu bewegten. Er wartete, ein großes, hochrädriges Fahrzeug mit offener Ladefläche hielt neben ihm. Ein Mann, der Kleidung nach Jäger, stieg aus. „Sie werden mich nicht kennen, Bernhard Prechtl mein Name, nicht von hier, aber zu Gast im Eigenrevier eines Freundes. Ich betreue hier in der Gegend eine Wildfütterungsstelle. Und ich musste soeben einen meiner Hunde erschießen, da hinten, auf der Ladefläche liegt er."

„Aber warum denn?"

„Leider nicht schussfest, das Tier, völlig untauglich für die Jagd. Ich habe wirklich alles unternommen, um es ihm beizubringen. Heute war es der letzte Versuch und dann war er mir nur noch eine ehrliche Kugel wert. Sie werden mich jetzt für einen Unmenschen halten. Aber ich habe dem Tier ebenso quälende wie nutzlose Erziehungsversuche erspart und mir eine Menge Ärger. Wollen Sie mitfahren nach Burgheim?"

„Nein danke."

„Aber vielleicht sollten Sie. Es geht Ihnen nicht gut, was?"

„Brandstiftung in meinem Presshaus, wenn nicht mehr."

„Ich will ja niemanden verdächtigen. Aber ein paar junge Leute mit Mountainbikes habe ich in der Gegend beobachtet."

„Na, die werden oben in der Mülldeponie Unfug getrieben haben. Neue Art von Geländesport. Hat mir der Benni erzählt. Einer von denen, wissen Sie?"

„Ah ja. Also, die kommen auf Ideen. Jedem das seine, nicht wahr? Ich muss jetzt weiter."

Simon Polt schaute dem Auto nach, warf einen Blick auf ein Presshaus, das ihm fremd geworden war, und dachte an ein Haus unten in Burgheim, mit dem er auch wenig anfangen konnte in dieser Nacht.

Damenkränzchen mit Polt

Am nächsten Morgen wehte Mira Martell zur Tür herein, verharrte einen Augenblick in graziler Leichtigkeit, um endlich den Gemischtwarenhändler Simon Polt mit verspielter Neugier zu umflattern. „Mon cher! Sind Sie des Nachts in einen Mähdrescher geraten? Aber die sind doch gar nicht mehr unterwegs um diese Jahreszeit!"

„Schlecht geschlafen. Überhaupt nicht geschlafen, genau genommen."

„Sie Ärmster! Und was sagen Sie zu meinem schwerelosen Auftritt vorhin?"

„Nicht so richtig hingeschaut."

„Schade. Ich habe versucht, einem Haiku Ausdruck zu geben."

„Einem was?"

„Einem traditionellen japanischen Gedicht. Ganz kurz."

„Kurz ist schon einmal gut."

„Dann hören Sie mir ein paar poetische Sekunden lang zu:

ein fallendes blütenblatt
erhebt sich von seinem zweig
ach! ein schmetterling."

Polt spürte sich lächeln. „Das war's auch schon?"

„Ja."

„Nett irgendwie."

„Viel mehr, mein Lieber. Also gebe ich mein Bestes: Als fallendes Blütenblatt bin ich schon ganz gut. Am Schmetterling arbeite ich noch."

„Und wie sind Sie darauf gekommen?"

„Blütenblätter und Schmetterlinge sterben früh, also sterben sie schön. Bleibt unsereinem verwehrt. Aber träumen wird man ja noch dürfen. So. Und jetzt wird ganz groß eingekauft. Um Himmels willen, was ist denn das für ein Geschöpf?" Sie zeigte auf Grammel, der als Pelzkugel in der Tiefe eines unbefüllten Geschenkkorbes ruhte.

„Ein kleiner Kater, neu bei mir."

„Reizend! Was soll er kosten?"

„Unverkäuflich, Frau ..."

„Martell! Dann eben ohne Kater. Was haben Sie denn Süßes hier?"

„Der Quittenkäse von der Karin, meiner Frau, ist ganz frisch."

„Darf ich kosten?"

„Ja, schon ..."

Polt servierte ein kleines Stück. Mira Martell schob es in den Mund, zerdrückte es mit einiger Anstrengung zwischen Zunge und Gaumen, hielt verwirrt inne und stieß dann einen leisen, aber sehr ausdrucksstarken Schrei aus.

„Hat er was?"

„Ja, mon cher Polt, der hat was, eigentlich hat er alles: frechen Esprit, frivolen Zauber und eine furiose Pointe. Die Zitrone, verstehen Sie? Die Zitrone!"

„Das müssen S' mir aufschreiben, für die Karin!"

„Aber gerne! Und jetzt weiter ..."

Bald waren zwei Taschen gut gefüllt. Polt staunte.

„Ist das alles für Sie?"

„Natürlich nicht. Heute Nachmittag um vier bitte ich zu einer künstlerisch frivolen Damenrunde. Und ich habe da so eine Idee ... Sie sind herzlich eingeladen, mon cher Polt, als Mann wäre Ihnen ein Auftrittsapplaus sicher."

„Aber das Geschäft? Ich kann ja nicht einfach zusperren."

„Sie haben doch eher zufällig aufgesperrt. Allerheiligen!"

„Tatsächlich?"

„Außerdem: Die Verknappung des Angebots steigert die Nachfrage."

„Das ist aber nicht von Ihnen."

„Nein. Von einem meiner freudlosen Ehemänner, war Wirtschaftstreibender, aber sonst ganz nett. Ich habe den Satz übrigens missverstanden, damals, war fortan nur noch selten für ihn zu haben – und statt begierig nachzufragen, ist er weggeblieben. Aber jetzt im Ernst: Sie würden uns eine Freude bereiten, und ich glaube fast, dass Ihnen anregende Gesellschaft heute nicht schaden kann."

„Also gut, wenn nichts Wichtiges dazwischenkommt ..."

„Sie kennen mein Haus?"

„Vom Vorbeifahren."

„Diesmal werden Sie aber halten, die Gartentür öffnen und eintreten. Ich habe Sie dann längst durchs Küchenfenster erspäht und komme Ihnen entgegen. Wie weit, wird sich schon noch herausstellen."

Mira Martell wohnte in Brunndorf. Ihr kleines Haus stand vereinzelt an einer schmalen Straße, umgeben von flachwelligem Ackerland und ein paar Weingärten. Die Straße hatte früher zu einem kleinen Grenzübergang nach Tschechien geführt, der nach dem Krieg für Jahrzehnte geschlossen geblieben war. Erst in jüngster Zeit war er wieder für Wanderer und Radfahrer geöffnet. Aber für das Amtshaus des Zöllners hatte sich keine Verwendung mehr gefunden, bis es die Schauspielerin erwarb und vor dem Verfall bewahrte. Pünktlich um vier war Polt am Ziel und sah, dass schon zwei andere Fahrräder am Gartenzaun lehnten. Er stellte seines dazu und bemerkte erst jetzt, dass ihm Mira Martell unbehaglich dicht gegenüberstand. „Zufrieden mit dem Grad meines Entgegenkommens?"

„Mehr geht ja kaum noch."

„Doch, es ginge. Wir wollen aber nicht übertreiben. Herein mit Ihnen in den Garten der Lüste. Hier liegen sie Ihnen zu Füßen: welk, verrottet, verfault. Aber so ist das Leben im Herbst des Lebens. Und da, linker Hand, ein Gartenzwerg namens August Everding. Sein Kollege Martin Kušei liegt weiter hinten unter einem kahlen Fliederbusch. Die beiden sind stellvertretend für viele da, die mich geärgert haben und die ich geärgert habe, die mir aber keinen Zwerg wert waren. Und für den Garten gilt das Gesetz der Wildnis: Hier wächst alles um die Wette und um Leben und Tod: miteinander, gegeneinander, durcheinander. Wie auf dem Theater. Hat mir wenig Ruhm eingebracht unter den Leuten im Dorf, das alles. Disziplinierte Wege mit Waschbetonplatten zwischen kurz geschorenem Sträflingsrasen und eine stramme Thujenhecke ringsum wären schon eher dazu geeignet gewesen, meinen Ruf als ordentliche Landfrau zu festigen. Besonders schlimm ist es im Sommer, wenn ich im Badeanzug im Garten liege und mich alle so sehen können. Wer Mut hat, möge mich doch betrachten! Ich habe sogar die Sonnenstrahlen im Verdacht, dass sie kurz und angewidert innehalten, bevor sie meine Haut berühren. Doch kommen Sie bitte ins Haus."

Polt hatte eigentlich erwartet, in eine dunkel verhangene, schwül duftende Welt mit unzähligen Fotos und Erinnerungsstücken einzutreten. Aber dann sah er helle Räume mit kalkweißen Wänden, wenige, schlichte Möbelstücke aus massivem Holz. Frau Martell bemerkte sein Erstaunen. „Theatralisch bin ich selbst, mon cher, verrückt auch, wenn Sie wollen. Ich brauche nichts um mich als Form und Funktion. Und hier, im einzigen größeren Raum des Hauses, haben auch ein Kachelofen und ein gemauerter Küchenherd Platz – und nicht zu vergessen ein großer Tisch mit bequemen Sesseln, wie geschaffen für eine abgetakelte Mimin, eine notable Musikerin, eine schlichte Virtuosin des Wortes und einen unnachahmlichen Gemischtwarenhändler.

Schluss mit dem Theater. Den Simon Polt brauche ich nicht vorzustellen, die Gerlinde Weiss kennen wir alle als Leiterin unserer Dorfmusik. Aber die Judith Thoma und ihre Kunst gilt es erst so richtig zu entdecken. Sie schreibt Lyrik in Mundart, auch Prosa-Miniaturen, aber so melodisch und vertraut ihre Sprache auch anmuten mag – da klingen verdammt dunkle Töne mit, treten harte Konturen hervor. Judith, bevor ich die Schätze aus Frau Habesams kulinarischem Reich auftische und wir alle satt und träge sind, vielleicht auch ein wenig betrunken ... liest du uns was vor? Du weißt ja, welches deiner Gedichte mich besonders berührt."

Frau Thoma, nicht mehr die Jüngste, vertrauenerweckende Statur, ein freundliches Gesicht, sehr wache Augen darin, rückte verlegen ihren Sessel zurecht und schlug ein schmales Buch auf.

„Da Friedhof leicht üba und üba

I stell mei licht in a klane schneegruam,
es eingangstor klescht hintan mir ins schloss,
im liacht vo de scheinwerfer auf da straßn
blitzen schneeflocken auf.

Tua weida – schreit ana aus an auto außa,
– wos is, oida? – kumts zruck.
Aum hauptplatz fahrn de kinda mitn radl
in de gatschhaufen.
Vur ana wirtshaustür gfrirt a speiblat.
A straßenlatern is im hinwern und blinkt wia wüd,
und aus an schulfenster hert ma kinda stille nacht übn.
Du gehst ma o."

Sie klappte ihr Buch leise zu und lächelte. Polt spürte etwas Stilles, Beklemmendes, aber auch Wärmendes in sich, wie er es vordem noch nie erlebt hatte.

„Na?" Mira Martell gab ihm einen leichten Stoß mit der Hand.

„Ich kenn mich nicht aus mit Gedichten. Aber wenn es noch mehr von der Art gibt, könnte ich glatt noch mit dem Lesen anfangen."

„Na also! Dann haben wir ja am übernächsten Sonntag einen Zuhörer fix. Es ist nämlich so, Herr Polt: Wir wollen miteinander auftreten. Die Judith liest ihre Gedichte, ich trage Texte anderer Autoren vor, die mit dem Weinviertel zu tun haben, und die Gerlinde bettet gemeinsam mit ein paar anderen aus der Dorfmusik uns arme Hascherln in ein musikalisches Gespinst ein, das uns hilfreich ans rettende Ufer trägt. Werden Sie kommen, Herr Polt?"

„Klar, samt der Karin und den Kindern, wenn sie wollen."

„Darauf trinken und essen wir!" Mira Martell deckte den Tisch und Polt fügte sich vergnügt in eine Runde, zu der er eigentlich so gar nicht passte. Doch dann drängte sich wieder einmal dieses seltsame Fest am Sonntag in seinen Kopf. Er wandte sich an die Musikerin. „Also für euch war der Herbstzauber in der Kellergasse eher ein fauler Zauber, hab ich gehört."

„Allerdings. Der Herr Bürgermeister bestellt uns hin, natürlich ohne darüber nachgedacht zu haben, mit welcher Art von Musik und in welchem Zusammenhang wir zu diesem Fest beitragen könnten. Irgendwann hat dann einer der Herrn Honoratioren gemeint, dass wir jetzt ein paar Stückln spielen könnten. Aha. Ohne Vorankündigung, ohne Einstimmung, ohne richtiges Publikum. Und die Lautsprecher in der Kellergasse haben einfach weitergeplärrt. Und dann waren auch noch der Gonzo und seine Bande mit ihrer blöden Musikmaschine, so einem Ghettoblaster, unterwegs. Da ist mir der Kragen geplatzt und wir sind abgezogen. Weiß man übrigens was Neues von der Laura, Simon?"

„Keine Ahnung, tut mir leid. Ich bin ja kein Gendarm mehr."

„Ja, das vergess ich immer wieder. Sie war übrigens auch einmal kurz bei uns in der Dorfmusik, die Laura, hat ja sehr ordentlich Klarinette gespielt. Nur als Zweitbesetzung, weil wir mit der Monika ja schon eine Klarinettistin haben, noch dazu eine, die neben sich nicht noch eine mag, vor allem, wenn die eines Tages auch so gut wie sie oder besser sein könnte. Ich hab dann ein freundschaftliches Gespräch mit der Laura geführt, um zu erklären, wo es sich spießt und warum. Und eine herzige Rolle als Marketenderin wollt ich ihr nicht zumuten. ‚Na, dann geh ich halt', hat sie lächelnd gesagt und ist gegangen. Ich kenn sie recht gut, hab sie recht gut gekannt. Nie im Leben hat die irgendjemandem einen Anlass gegeben, bös auf sie zu sein. Und dann dieses Ende. Ich versteh's nicht."

Der Tod und der Wein

Polt, sehr müde nach der vergangenen Nacht, nahm den kürzesten Weg zurück nach Burgheim. Er war schon fast am Ziel, als ein großes, weißes Geländeauto neben ihm hielt. „Simon Polt, hab ich Recht? Hannes Eichinger mein Name."

„Sie kennen mich?"

„Ehrlich gesagt nicht Sie, sondern Ihr Fahrrad. Ich komme gerade aus Breitenfeld, die Polizei, Sie wissen ja, Herr Polt ... haben Sie ein wenig Zeit für ein Gespräch in meinem Haus? Es wäre vielleicht hilfreich für mich und meine Frau."

„Ja dann! Ich stell nur das Fahrrad ab, Herr Eichinger."

„So, da wären wir, lieber Herr Polt. Wir wohnen und arbeiten dort, wo wir hingehören: umgeben von unseren Weingärten. Das große Tor rechter Hand führt in den Weinkeller. Ich brauche viel Platz und weite Gewölbe, viel größer, als es der Lössboden zuließe. Für die offene Bauweise waren gewaltige Baumaschinen am Werk, erst dann wurde gewölbt und alles viele Meter hoch mit Erdreich bedeckt. Am Ende war's dann doch ein Keller, wie er eben sein soll, nur sehr, sehr groß. Gott, was war ich stolz! Und jetzt fühle ich mich sehr, sehr klein, weil es ein junges Leben nicht mehr gibt. Kommen Sie, wir gehen in die Weinlounge. Verdammt, ich hasse diese Bezeichnung, so wie ich das ganze wichtigtuerische Vokabular beim Verkosten schon nicht mehr hören kann. Aber wir agieren relativ weit oben. Da ist die Luft dünn, es gibt kaum noch Platz, um Fuß zu fassen. In diesem eiskalten Reich hochgezüchteter Sinne, nervöser Kennerschaft und aufs Eleganteste verbrämter Gier ist es klüger, sich an die eitle Etikette zu halten, auch was die Wortwahl betrifft. Wie auch immer: Wir sind da, nehmen Sie bitte Platz, schauen Sie sich um. Ich wage zu wetten, dass Sie mit dieser stilsicheren Leere ringsum wenig bis gar nichts anfangen können, Herr Polt."

„Wette gewonnen."

„Na also. Glauben Sie mir bitte, dass auch ich gerne mit einem Sepp Räuschl im Lösskeller säße, innigst seinen famosen Cuvées verbunden. Ist mir aber nicht mehr gestattet. Sie betreiben neuerdings ja selbst Weinbau, habe ich gehört. Mit welchem Ergebnis?"

„Trinken kann man ihn, sagt der Friedrich Kurzbacher."

„Sie Glücklicher! Ein volles Fass im Keller und ein alter Weinbauer, der mürrisch Anerkennung zollt. Herz, was willst du mehr! Meine Welt ist um nichts besser, doch umso komplizierter und mühsamer. DAC, Districtus Austriae Controllatus, kontrollierte Herkunft aus einer österreichischen Region, das ist gerade erst die unterste Sprosse der Leiter. Mit Reserve fängt es an, interessant zu werden."

„Was ist das genau?"

„Qualitätswein, 13 Prozent Alkohol Minimum, ein Jahr im Holzfass oder länger. Aber es ist noch Platz nach oben: Grand Reserve und so weiter und so fort. Herr Polt?"

„Ja?"

„Ich rede und rede, um nichts sagen zu müssen. Oh verdammt. Meiner Frau und mir ist der Himmel auf den Kopf gefallen. Bald werden wir in Burgheim vor dem offenen Grab unserer Tochter stehen. Ich habe schon jetzt Angst davor." Hannes Eichinger saß eine Weile stumm da. Dann stand er auf und kam mit einer Flasche und zwei Gläsern wieder. „Ein Grüner Veltliner, wie er Ihnen gefallen könnte, Herr Polt: duftig, würzig, mit Aromen nach Wiesenkräutern, einem Hauch Pfirsich und nicht zu wenig Pfeffer. Wenn Sie keine Lust auf Wein haben, lassen Sie ihn einfach stehen. Ich möchte aber schon trinken, eigentlich saufen, aber auch das passt nicht ins Konzept des diszipliniert Erfolgreichen. Mit Herrn Grabherr von der Polizei haben Sie ja schon geredet – hat er mir erzählt. Ein gewissenhafter, mitfühlender Mann übrigens. Und er schätzt Sie sehr."

„Also ich weiß nicht ..."

„Sie waren ja erstaunlich erfolgreich, als Gendarm von der guten alten Sorte, hab ich mir sagen lassen?"

„Erfolg kann aber ganz schön wehtun."

„Das versteh ich jetzt nicht."

„Wenn ein Gendarm Erfolg hat, zahlt einer drauf. Wird beschuldigt, verurteilt, eingesperrt."

„Als Täter, der Strafe verdient."

„Gesetze sind eine Sache. Gerechtigkeit schaut aber oft ganz anders aus. So einfach ist das meistens nicht."

„Aber wir machen es uns einfach. Menschen passen nicht in Kategorien. Danke für die Lektion, Herr Polt. Da häuft man Wissen an und verlernt dabei das Wesentliche. Übrigens hat Sie gestern Nacht ein Jagdfreund von mir in der Kellergasse gesehen und kurz mit Ihnen geredet. Er war richtig erschrocken darüber, wie Sie dreingeschaut haben. Was war denn da los, mit Ihrem Presshaus?"

„Ein Bosheitsakt, der noch weitaus schlimmer ausgehen hätte können. Ich weiß nicht, wer und was dahintersteckt, wahrscheinlich will ich es auch nicht wissen."

„Und es hat Sie genau dort getroffen, wo's wirklich wehtut."

„Ja, schon."

Ein ratloses, doch auch einträchtiges Schweigen war um die zwei Männer. Der Weinbauer trank sein Glas leer, goss nach. „Lassen Sie mich weiter berichten. Das Schicksal hat so seine Methoden, wenn es darum geht, aufgeblasene Hohlräume platzen zu lassen. Jetzt liegen die Befunde vor, Herr Polt. Nicht alles soll in die Öffentlichkeit kommen, noch nicht. Aber Sie dürfen es wissen: Die Laura war stark alkoholisiert, sich wohl kaum noch ihrer selbst bewusst. Und man konnte Drogen nachweisen. Keine Spuren von Gewaltanwendung. Ihr Heimweg führte am Friedhof vorbei den Wiesbach entlang. Alles spricht für die Annahme, sagt Herr Grabherr, dass sie irgendwie ans Wasser gekommen ist, sich vielleicht erfrischen wollte. Die Todesursache ist Ertrinken."

„Betrunken? Drogen? Da hab ich aber ein anderes Bild von ihr."

„Es gab zwei Bilder von unserer Laura, Herr Polt. Viele Jahre lang war die Welt für unsere kleine Familie in Ordnung. Und für die Laura war alles klar: lernen, kennenlernen, mittun, helfen, mit den Aufgaben wachsen, Freude daran haben und irgendwann an ein Ziel gelangen, das Lust auf viele weitere Ziele macht. Nicht einmal die Pubertät hat viel daran geändert. Statt abweisend und muffig zu werden, war sie so zwischendurch vielleicht einmal ein bisschen kapriziös. Und wir haben natürlich alles getan und ordentlich Geld ausgegeben, um ihr alle Türen zu öffnen. Was soll ich sagen: Bis zum Ende war sie lerneifrig, aufgeschlossen und hilfsbereit – unentbehrlich in unserer Hochleistungs-Weinfamilie."

„Aber?"

„Mit anderen Menschen hat sie es schwer gehabt, weil sie es ihnen zu leicht gemacht hat."

„Hab ich in der Art schon gehört."

„Wundert mich gar nicht. Egal, was mit ihr geschehen ist, sie hat es abgefedert, freundlich hingenommen, auf sich genommen, in sich hineingenommen. Irgendwann ist ihr das zu viel geworden. Doch statt aufzubegehren oder um Hilfe zu bitten, hat sie Wege gesucht und leider auch gefunden, vor sich selbst davonzulaufen. Muss eine Mordshetz für die anderen Jugendlichen im Dorf gewesen sein, wenn das feine Töchterlein vom Modewinzer immer wieder einmal aus der Rolle fällt – nicht ins Bodenlose, aber in den Dreck immerhin."

„Und Sie, Herr Eichinger?"

„Erst hat es meine Frau herausbekommen. Männer können ja unglaublich blöd sein, wenn es darum geht, etwas wahrzunehmen, was sie nicht wahrhaben wollen. Die Marietta und ich haben lange darüber geredet, was wir tun könnten. Aber eigentlich war's ja einfach, irgendwie selbstverständlich: sich eben so verhalten, wie es Eltern zukommt. Es hat ein Gespräch mit der Laura geben. Keine Vorwürfe, Drohungen schon gar nicht, aber ein Versprechen: Du wirst immer unsere Laura sein, egal was du tust und was mit dir geschieht. Aber wir haben Angst um dich und wir brauchen dich. Sag, wie wir dir helfen können. Sie hat uns lange angeschaut, mit unendlich traurigen Augen, dann ist sie in sich selbst hineingekrochen und nicht mehr hervorgekommen."

„Und weiter?"

„Elternpflichten. Ich habe es übernommen, ihr eine klare Orientierung zu geben, Wegweiser aufzustellen und Grenzen zu ziehen. Ich habe ihr geraten, eine Struktur in ihr Leben zu bringen. Will heißen: Wir überlegen uns ein Programm mit Vorhaben, Notwendigkeiten, gemeinsamen Aktionen. Nichts davon ist unumstößlich, über alles lässt sich reden. Aber Vereinbartes ist dann verlässlich einzuhalten: Vertrauen gegen Vertrauen. Ich will dir helfen, hab ich gesagt, deine Zukunft nicht zu verspielen. Wenn du mir dabei hilfst, machst du deiner Mutter, mir und dir selbst ein großes Geschenk. Und meine Frau war für den Rest zuständig: Egal, Laura, was passiert, du hast eine verschwiegene Freundin in mir und nicht einmal mein Mann muss alles wissen. Übrigens haben wir nach diesem Fest am Sonntag erst am Montagnachmittag Abgängigkeitsanzeige erstattet. Die Laura ist immer wieder einmal über Nacht weggeblieben – ihre Sache. Aber für Montag war vereinbart, dass sie uns um zwei Uhr bei einer Verkostung hilft. Die Laura ist nicht gekommen und wir haben gewusst, dass etwas Schlimmes geschehen sein muss."

„Und warum ziehen Sie mich ins Vertrauen, Herr Eichinger?"

„Weil Sie doch die Laura nachts in der Kellergasse gesehen haben, offenbar kurz vor dem vermuteten Zeitpunkt ihres Todes. Sie war mit ihrer Clique unterwegs, nicht wahr? Und Sie kennen doch diesen Benni."

„Ja, einigermaßen."

„Herr Polt, ich will wissen, wie es weitergegangen ist. Ich brauche Klarheit, um damit umgehen zu können."

„Da verlangen Sie aber viel von mir. Der Benni war übrigens einige Zeit lang mit Ihrer Laura, na ja, verbandelt."

„Ich weiß. Und der junge Mann hat ihr sogar gutgetan. Aber auch nur, solange er mit ihr allein war, und nicht im Rudel. Ich sage Ihnen was, Herr Polt: Jeder von denen ist für sich ein blöder Bub, aber auch ganz in Ordnung. Doch zusammen sind sie zum Fürchten: angeberisch, aggressiv und bedenkenlos verspielt, weil ihnen unendlich fad ist. Und dieser Gonzo ist nicht ohne Grund der Chef."

„Macht sich halt wichtig."

„Nicht nur. Ich hab seinen Vater gekannt, den Karl Breit. Seine Frau hat rechtzeitig die Flucht ergriffen, und er hat dann nur noch den Buben zum Verdreschen gehabt, zum Beschimpfen, zum Fertigmachen. Und jetzt zahlt der Herr Gonzo jeden Hieb, jede Verletzung und jede Kränkung auf Heller und Pfennig zurück, egal, wen es trifft. Ich habe einmal sogar den Kontakt zu ihm und seinen Freunden gesucht, mit einer ordentlichen Weinspende fürs Jugendheim. Es ist damals tüchtig getrunken worden, ich hab mitgetan und irgendwann den Gonzo vorsichtig gefragt, wie es ihm so geht, mit seiner schwierigen Kindheit. Schreit er mich an, dass er mich ja auch nicht fragt, ob ich beim Duschen onaniere. Ein einziger blauer Fleck, dieser Mensch. Wie auch immer: Die Laura war doch weg von dieser Bande ... warum hat sie auf einmal wieder mitgemacht? Und was haben sie mit ihr getrieben, nach dieser Streiterei im Kameradschaftspresshaus?"

„Gar nichts, soviel ich weiß. Die Laura war nicht gut beieinander, hat mir der Benni erzählt, wollt nur noch nach Hause und bald darauf war sie verschwunden."

„Wer's glaubt. Die Polizei will den Fall nicht weiter bearbeiten. Könnten Sie bitte Augen und Ohren offen halten? Sie helfen uns schon mit der Gewissheit, dass unsere Tochter nicht als abgelegter Akt endet."

„Ja, gern. Wo ist eigentlich Ihre Frau?"

„Die Marietta? Für ein paar Tage in Verona. Wir haben wichtige Kunden dort, und sie versucht auch gleich, den Boden für die kommende Vin Italy aufzubereiten, die Weinmesse dort. Außerdem habe ich mir gedacht, dass sie die kleine Reise ablenken könnte."

„Alle Achtung! Dass Sie einfach weiterarbeiten können ..."

„Lassen Sie es mich so sagen, lieber Simon Polt: Es geht nicht anders. Dieses bedingungslose Streben nach Qualität, der Kampf um die Anerkennung von anspruchsvollen Kunden und Partnern, der Schritt über die Grenzen, Selbstausbeutung so zwischendurch, aber auch viel Freude und Befriedigung: Es ging immer nur um die optimale Basis für die Zukunft unserer Laura. Jetzt ist diese Zukunft tot. Der Marietta und mir bleibt nur noch der Rest unserer Lebenszeit – und natürlich, gleichermaßen fordernd wie intensiv, das Hier und Jetzt. Wenn wir uns gehen lassen, Herr Polt, gehen wir zum Teufel."

Abendteufelsdienst

Schon wieder der zweite November und Allerseelen. Polt konnte sich des Eindrucks nicht erwehren, dass seine Jahre mit jedem Jahr kürzer wurden. Die Zeit schrumpfte und schrumpelte, war einer Dörrzwetschge immer ähnlicher: fest und zäh, doch ohne Saft und Kraft. Andererseits wäre ungeniert ins Kraut schießende Vitalität ohnedies unpassend gewesen in dieser leisen Zeit, die den grauen Himmel mit dem grauen Hügelland verwob, die Dörfer sachte vom Boden löste und durchs weite Nebelmeer treiben ließ. Dass die Toten den Lebenden in diesen Tagen näher waren als sonst, mochte viele Menschen betrüblich stimmen, doch Polt war es, als sei er endlich wieder einmal in bester Gesellschaft, war doch die Zahl der ihm Vertrauten, die nunmehr im Jenseits logierten, deutlich höher als die Zahl jener, die noch lebten. Mit düster wohligem Behagen öffnete Polt also am Samstag früh sein Gewölbe, willens, diesen Tag geschäftig und beflissen zu verbringen – bevor er sich dann im Schutze der beginnenden Nacht seinem ganz persönlichen Totengedenken widmen konnte.

Erstaunlich rasch hatte er seine an sich ja recht robuste Mitte wiedergefunden. An diesem Tag war viel Kundschaft zu erwarten. Doch vorerst saß Polt im Küchenbüro, vor sich Kaffee und ein Butterbrot von beachtlichen Ausmaßen. Auf seinen Knien hatte sich der Kater Grammel eingerollt und schnurrte erfreut, wenn ihn sein menschlicher Mitbewohner mit beiden Händen umfing wie eine wärmende, bergende Höhle – so klein konnte die Welt sein und so erfreulich komplett. Aber dann hörte Polt, wie jemand die Ladentür öffnete. Er hob Grammel auf, legte ihn auf den vom Hinterteil gewärmten Sessel und ging in den Verkaufsraum.

Friedrich Kurzbacher stellte seine altmodische Einkaufstasche auf den Tisch. „Pack ordentlich Jausensachen für den Kirchenwirt ein, Simon. Unsere Wochenend-Burgheimer sind neuerdings ganz wild drauf." Er grinste. „Den Quittenkäse von der Karin kannst auslassen."

„Muss ich sogar. Gestern hat diese Schauspielerin, die Mira Carell oder so, den ganzen Vorrat aufgekauft."

„Leut gibt's. Ich geh dann. Kaum haben wir um acht das Wirtshaus aufgesperrt, waren auch schon Gäste da. Und der Sepp bringt ja nicht mehr viel weiter, in seinem Alter. Da muss ein Jüngerer her."

„Na, na!"

„Grins nicht so frech. Wir verrechnen dann Nachmittag im Wirtshaus. Du kommst doch?"

„Klar. Weil ein noch Jüngerer her muss."

Polt schaute seinem Freund und Geschäftspartner nach, der betont energischen Schrittes zur Tür ging, dort aber mit der geduldigen Sorgfalt eines erfahrenen Alpinisten langsam und methodisch die zwei Stufen zur tiefer gelegenen Straße in Angriff nahm. Ob langsam oder nicht ganz so langsam, überlegte Polt, wir drei alten Knaben haben Burgheim ganz schön im Griff: Kaufhaus und Wirtshaus, beide der Nahversorgung gewidmet, aber auch dem dörflichen Selbstverständnis, bringen die Leute zusammen, ernähren sie und lassen sie nicht durstig bleiben. Am Samstag konnte der Kirchenwirt eine respektable Anzahl kalter Speisen anbieten, weil ja das Kaufhaus Habesam, nur wenige Häuser entfernt, stets so gut wie frische Waren nachlieferte. Am Sonntag hingegen war der Kirchenwirt dann so nebenbei auch eine Gemischtwarenhandlung, die ungeachtet lästiger Öffnungszeiten über alle Schätze aus Polts Warenlager verfügte.

Es gab viel zu tun an diesem Vormittag und der Nachmittag versprach nicht minder sprudelnde Einkünfte. Aber Simon Polt wollte sich nicht von schnödem Gewinnstreben drängen lassen. Überdies freute er sich schon darauf, im Wirtshaus mit dem Sepp und dem Friedrich zusammenzusitzen. Am Sonntag waren viele Gäste da, und die drei kamen nie richtig dazu, miteinander zu reden oder miteinander zu schweigen. Gegen zwölf warf der Gemischtwarenhändler demnach einen prüfenden Blick auf die gemalte Frau Habesam, erblickte darin wohlwollende Anerkennung, sperrte zu, sorgte auf das Nahrhafteste für sich und Grammel und verließ das Haus durch die Hintertür.

Gegen drei trat Polt in die Wirtsstube, nahm ein sauberes Weinglas von der Schank und setzte sich zu seinen Freunden. Friedrich Kurzbach schenkte ein. „Vom Peter Seidl. Hat er aus seinem Keller in Brunndorf mitgebracht. Alle Achtung, ich muss schon sagen. Aber lästig war er, der Herr Seidl."

Polt kostete und nickte. „Darf ich raten? Er macht sich die allergrößten Vorwürfe, weil er bis jetzt nicht erkannt hat, wie wunderbar der Kirchenwirt zu seinen Plänen passt. Und jetzt will er pachten, kaufen, und zwar fast um jeden Preis – alles noch besser machen, und wir drei dürfen bleiben und dann und wann sogar mitreden."

„Du bist ein Hellseher, Simon!"

„Keine Red davon. Mit dem Kaufhaus Habesam hat er nämlich auch was vor."

Sepp Räuschl trank, wischte sich über den Mund und legte eine Hand auf Polts Unterarm. „Warum sollen wir nicht reich und bequem werden? Zeit wär's ja dafür."

„Und was fangst an mit dem Geld?"

„Ich? Nichts. Aber die Weiber werden mir die Tür einrennen, weil ich dann so eine gute Partie bin."

Friedrich Kurzbacher grinste: „Und was fangst an mit den Weibern?"

„Ja, also, einer wie ich, und überhaupt ... na gut, lassen wir's bleiben. Soll uns in Ruh lassen, der Seidl. Von der Laura Eichinger hat er übrigens auch erzählt. Wird ins Wasser gegangen sein oder hineingerutscht, weiß der Teufel. Jedenfalls ist sie ertrunken, meint die Polizei. Ertrunken! Eigentlich ein Kunststück in unserem kleinen Wiesbach, was sagst du, Simon?"

„Kommt auf den Zustand an. Die Eltern von der Laura können einem auf jeden Fall leidtun. Ich hab gestern Abend mit dem Herrn Eichinger geredet. So nebenbei: Deine Cuvées hat er lobend erwähnt, Sepp."

„Cuvée, Cuvée! Soll Deutsch lernen, der Mensch. Aber vom Wein versteht er wirklich was, vom Gschäft noch mehr. Als Vater imponiert er mir weniger. Der hat ihr viel zu viel durchgehen lassen, der Laura, was man so hört."

„Hätt er sie einsperren sollen? Eine junge Frau, so gut wie erwachsen?"

„Klar hätt er. Bei Wasser und Brot, bis sie zur Vernunft kommt."

„Warst du eigentlich ein braver Sohn, Sepp?"

„Ein Rotzbub, wie er im Büchl steht. Frech, widerspenstig, verlogen. Eine Ausgeburt der Hölle, hat der Pfarrer einmal gesagt. Und später, als ein Junger, hab ich mir die Hörndln erst so richtig abgestoßen: kapitale Räusche, Weibergschichten, Raufereien nach dem Kirtag."

„Und hat er dich eingesperrt, der Vater, bei Wasser und Brot?"

„Ach was. Höchstens einmal ausgesperrt, wenn ich's gar zu arg getrieben hab. Ich glaub, der war eigentlich stolz auf mich. Ein Mann ist halt ein Mann, auch als ein junger."

„So, meinst du. War sonst was mit dem Seidl?"

„Er ist noch sitzen geblieben und hat ziemlich viel getrunken. Dann hat er angefangen, uns von der Laura zu erzählen, wie gscheit und schön und anhänglich sie war. Du, Simon, ich sag dir was: Der Seidl war über beide Ohren verliebt in das Mädchen."

„Und woher willst du das wissen?"

„Wie der dreingschaut hat ... so schaut nur einer drein, der das Herz und den Verstand verloren hat. Kannst mir glauben, da kenn ich mich aus."

Am Abend, als nach und nach Gäste kamen und die zwei Drittelwirte zu tun hatten, machte sich Polt auf den Heimweg. Er aß, fütterte, räumte das Kaufhaus zusammen, ruhte träge in sich selbst und ließ sich viel Zeit damit. Als es dann endlich Nacht wurde, steckte er da und dort dies und jenes ein und gelangte nach einem kurzen Fußweg auf den nunmehr menschenleeren Friedhof. Er hielt erst einmal inne, schaute auf die betulich flackernden Kerzen, sog die feuchte Herbstluft durch die Nase und fühlte sich wohl in der Stille, die ihn umgab. Dann ging er ans Werk und tat, was an diesem Tag viele andere auch getan hatten. Er suchte Gräber auf, mit denen er sich verbunden wusste, hielt Zwiesprache mit denen, die nun hier wohnten, mag sein auch anderswo, zündete mitgebrachte Kerzen an und drückte sie behutsam ins feuchte Erdreich. Dann aber stahl sich jenseitige Heiterkeit ins Gemüt. Zielstrebig näherte er sich dem Grab von Bruno Bartl, jenem wunschlos verlorenen Säufer, den er mit den Jahren lieb gewonnen hatte und in dessen krauser Welt er sich am Ende gespenstisch gut zurechtgefunden hatte. Er holte eine Packung feinster, in bunt glänzendes Stanniol gewickelter Weinbrand-Pralinen aus der Tasche, die er Stück für Stück vergrub. „Die werden dir gefallen, Bruno", murmelte Polt, „und sie schmecken wie Himmel und Hölle gleichzeitig. Genau so, wie du es besonders gern magst." Dann, ernst geworden, blieb er vor dem Grab von Karl Brunner stehen. Vor vielen Jahren hatten Brunndorfer Weinbauern gemeinsam einen schlechten Menschen getötet, weil es in ihren Augen sein musste, um der Gerechtigkeit willen. Doch einer von ihnen, Karl Brunner, hatte allein die Schuld auf sich genommen. Seiner Bitte, ihn doch erst am nächsten Morgen abzuholen, hatte Polt nachgegeben, obwohl er geahnt hatte, was geschehen würde. War es denn damals richtig gewesen oder doch wenigstens verständlich, diesen nächtlichen Freitod in Kauf zu nehmen? „Na, Herr Brunner", fragte Polt, wie er jedes Jahr am Allerseelentag fragte, „noch immer keine Antwort? Nein?" Dann kniete er nieder, legte seine Hände aufs Grab und meinte, die Hand des alten Mannes zu spüren, raue, rissige Haut.

Das Grab von Aloisia Habesam war nur ein paar Schritte entfernt. Polt neigte respektvoll den Kopf. „Das Gschäft geht gut, Frau Aloisia, Sie hängen als Ölbild an der Wand, haben alles im Blick, und sparsam bin ich auch." Er nahm die verstaubten Trockenblumen aus der Vase und ersetzte sie durch jene, die er im Vorjahr mit ins Kaufhaus genommen hatte, zwecks sorgsamer Reinigung und Auffrischung für den nächsten Allerseelentag. „So. Wieder was erledigt."

Polt erhob sich, schaute zufrieden auf sein Werk und wollte schon gehen, als er an der Mauer, die den Friedhof zum Wiesbach hin begrenzte, etwas sah, mit dem er nichts anfangen konnte: ein merkwürdig helles Leuchten, als stünde dort ein kleiner Christbaum. Er trat neugierig näher. Zwischen den Gräbern waren Totenlichter zu einer Pyramide aufgebaut, ringsum bewegten sich kleine, helle Flecken in der Dunkelheit, trieben auseinander, versammelten sich und kamen auf ihn zu. Jetzt konnte Polt maskenhaft starre weiße Gesichter erkennen, zu denen aber keine Körper gehörten, nein, doch: Schwarz gekleidet, waren sie kaum zu sehen. Die Gruppe kam noch näher, erstarrte, löste sich auf, umringte ihn und verschwand dann sehr rasch. Polt wartete eine Weile, dann trat er auf die flackernde Pyramide zu und sah erst jetzt, dass aus ihrer Spitze ein hölzernes Kreuz ragte. Darauf ausgespannt und angenagelt war eine kleine glosende Puppe, wie er sie schon einmal gesehen hatte.

Hinter den Kulissen

Vor dem Friedhof stand eine zierliche, dunkel gekleidete Frau, hob den Kopf, als Polt ins Licht trat, und ging ihm entgegen. „Ich habe Sie schon auf dem Weg hierher gesehen, aber draußen gewartet. So spät am Friedhof und allein ... da wollte ich nicht stören. Aber ich bedränge Sie ja doch, so oder so. In den Fenstern Ihres Hauses war kein Licht, und der Kirchenwirt ... alles dunkel. Ich habe Sie dann eben anderswo gesucht, weil ich Sie doch so gerne finden wollte."

„Worum geht es denn, Frau Martell? Was schaun S' denn so?"

„Mein Name! Sie haben sich meinen Namen gemerkt."

„Versehentlich."

„Herr Polt?"

„Ja?"

„Erinnern Sie sich an unseren Heimweg durch die Kellergasse, Sonntagnacht? Der heiße Tee, damit ich nicht krank bin am nächsten Tag ... gilt das noch immer?"

„Meinetwegen."

Polt stellte zwei dickwandige, dampfende Tassen auf den Tisch im Küchenbüro. „Eleganter geht's nicht. Zucker? Milch? Schnaps?"

„Schnaps."

„Vorsichtig sein. So was hat Folgen."

„Erwünschte Folgen."

„Aber Sie trinken nicht wirklich, ich mein ..."

„Zwanghaft? Nein. Aber es gibt viele auf dem Theater, die ohne Alkohol gar nichts mehr zuwege bringen. Von einem – den Namen sag ich nicht – hat's immer geheißen: Mit dem letzten Vorhang fiel auch er. Immerhin ist er rechtzeitig gestorben, bevor er zur peinlichen Lachnummer verkommen ist. Grauslich, so ein Tee. Trink ich sonst nie."

„Und warum jetzt?"

„Damit Sie mir zuhören. Aber diesmal nicht als Publikum, sondern als Simon Polt."

„Das wär ohne Tee auch gegangen."

„Und das sagen Sie mir jetzt? Ich hab geglaubt, Ihr heißer Tee ist so eine Art Briefmarkensammlung, mit der Sie möglicherweise willfährige Weiber anlocken. Wie geht es Ihnen denn so, ich meine, derzeit ohne Familie, allein in diesem großen, stillen Haus?"

„Normalerweise sehr gut."

„Also nicht immer."

Polt schwieg.

„Nicht böse sein, bitte! Ich wollte für unser Gespräch einen warmherzigen Einstieg finden. Und was ist dabei herausgekommen? Tollpatschige Nähe, die nur wehtun kann. Dabei ist alles ganz einfach: Ich halte es nicht mehr aus mit mir."

„Die Laura?"

„Ich und die Laura. Alles fängt mit meinem Scheitern an. Wissen Sie, warum ich so lange und so intensiv am Theater meine Rollen gespielt habe? Um mich über mein wirkliches Leben hinwegzuspielen. Nach jedem Applaus bin ich dann doch wieder abgeschminkt und kraftlos in die Banalität zurückgefallen. Aber es gibt ja auch Inszenierungen abseits der Bühne: Der Name wird zum Künstlernamen, der private Mensch zur öffentlichen Person, geschickt ins Licht gesetzt und effektvoll dargeboten. Männer gehören natürlich dazu: als brave Stichwortgeber, als Opfer meiner sexuellen Gefräßigkeit, als unterhaltsame Ermöglicher oder elegante Vampire, sich grausam an meinem Blute labend. Glauben Sie mir: Ich wüsste kein Klischee meines Berufsstandes, das ich nicht heiter, pfiffig und mit wohligem Sarkasmus erfüllt und ausgenutzt habe. Gut war ich, kein Zweifel. Aber auch ein Tag mit 24 verlogenen Stunden hat noch Zeit für ein paar schier endlose Augenblicke, die einen mit der eigenen Nichtigkeit alleinlassen. Betäubung hilft, Ablenkung hilft und die immer noch höhere Dosis wirkt vielleicht ja doch ein weiteres Mal. Aber irgendwann dreht sich das eitle Karussell langsamer und ringsum gibt es neue, frische Schauspielereien. Immerhin hab ich's zur Kenntnis genommen, Erkenntnis inklusive: stark aufhören, statt schwach zu verdämmern, ablehnen, statt zu betteln, weggehen, bevor sie mich wegtreten. Und hier, auf dem flachen Lande, würde ich vielleicht ja doch noch einen langen Schatten werfen. Hat sich was mit erschlichener und erkaufter Bedeutsamkeit. Aber es geht auch so ganz gut. Vielleicht das erste Mal in meinem Leben. Langweile ich Sie?"

„Ich hab Zeit."

„Kann ich Wein haben? Einen Grünen Veltliner vielleicht?"

„Warum nicht."

Die Schauspielerin nahm einen kleinen Schluck. „Das war gelogen, vorhin. Es geht nicht ganz gut, das war einmal. An die zwei Jahre ist es her, da habe ich die Laura im Haus ihrer Eltern kennengelernt. Eine Mira Martell kauft ja nicht bei irgendeinem Weinbauern. Außerdem hat mir die Familie Eichinger imponiert. Tochter, Vater, Mutter perfekt aufeinander eingespielt, dabei aber immer locker und sympathisch. Herzliche Gastlichkeit und Ehrgeiz haben wie selbstverständlich zusammengepasst. Eine Verkostung war stets umwerfend brillant inszeniert, aber auch sinnlich und voller Lebensfreude. Da war eine leichte, heitere Harmonie zwischen den Eichingers, man hat so richtig gespürt, wie gern die Laura ihre Eltern hat und wie stolz ihre Eltern auf die Tochter sind. Daran hat sich übrigens nie etwas geändert."

„Wirklich?"

„Wirklich. Aber ich versteh Ihre Frage, Herr Polt. Vor etwa einem Jahr hab ich das Presshaus in der Burgheimer Kellergasse gekauft. Einerseits wollte ich mehr dazugehören und andererseits eine kleine Bühne für Veranstaltungen schaffen – beides mit nicht einmal mäßigem Erfolg. Aber mir gefällt es in meinem Presshaus, besonders nachts, wenn die guten und die bösen Kellergeister unterwegs sind. Ich bin inzwischen sehr gerne allein und hab mich mit der Stille angefreundet. Ich habe dann zufällig auch eine Laura gesehen, die sich mit Burschen abgibt, die ihr eigentlich nicht das Wasser reichen können, eine, die auch einmal zu viel trinkt oder andere Blödheiten macht. Eines Tages, als sie allein in der Kellergasse unterwegs war, hab ich sie in mein Presshaus gelockt und ihr viel von mir erzählt. Ich erzähl ja gerne von mir, und noch lieber, wenn mir jemand wirklich zuhört. Dann hab ich sie ganz nebenbei gefragt, wie's ihr so geht, und darauf Antworten bekommen, wie sie aufrichtiger und unbefangener nicht hätten sein können. Unter dem Strich: alles ganz super zuhause und so zwischendurch auch einmal ganz unterhaltsam auszubrechen, damit sie später, erwachsen und vernünftig geworden, recht gut weiß, worauf sie nunmehr herzlich gerne verzichtet. Das war schon richtig, aber nur die Oberfläche. Hat übrigens für uns beide gegolten. Nach und nach ist die Laura dahintergekommen, dass die berühmt gewesene

Schauspielerin Mira Martell der klägliche Rest eines verpfuschten Lebens ist, und ich hab Schicht für Schicht von der Fassade der Laura abgetragen, von den Fassaden, besser gesagt: Ihr perfektes, attraktives Leben als Teil der elterlichen Weinwelt hat für ihren Geschmack einfach zu früh angefangen. Sie war ja recht glücklich und zufrieden damit, aber tief innen hat es sie bedrückt, dass nie Zeit dafür war, sich eigene Gedanken zu machen, sich zu überlegen, ob sie, na ja, vielleicht nicht auch Seiltänzerin, Kindergärtnerin oder Posaunistin werden könnte. Anschließend wäre sie vermutlich umso zufriedener in der Welt der Eltern geblieben. Und ihre Eskapaden, die ich übrigens immer nur so nebenbei mitbekommen habe, waren alles andere als lustvolle Ausrutscher. Nichts davon hat sie wirklich gewollt, aber viel zu viel zugelassen. Bei diesem merkwürdigen Fest in der Kellergasse, an diesem Abend, in dieser Nacht, hat sich alles verdichtet. Die Laura hat Einladungen verteilt, war aber irgendwie nicht ganz bei sich. Und ich, die beste aller Freundinnen, hab nicht zuschauen können und sie ins Presshaus geholt. Diesmal – ich war enttäuscht wegen meiner verpatzten Veranstaltung und nicht mehr ganz nüchtern – hab ich sie ungeniert ausgefragt. Sie hat mir von einer komplizierten Beziehung zu einem älteren Mann erzählt, davon, dass er sie so gut versteht und so ein gescheiter Mensch ist, liebenswert, auch wenn er nicht wirklich zu ihr passt. Aber wehtun will sie ihm nicht. Kurz zuvor hat es eine ziemlich schwierige Aussprache gegeben, und viel Wein hat die Sache nicht leichter gemacht. Ich weiß nicht, wie es geschehen ist, aber auf einmal war da eine unbeherrschte Wut in mir. Sie soll doch endlich einmal auf eigenen Beinen und mit dem eigenen Kopf durchs Leben gehen, hab ich der Laura gesagt.

Sie soll doch hier und jetzt einen Strich ziehen, auch wenn's schwierig ist oder wehtut, und neu anfangen, wie sie es will, und nur sie. Hat sie gefragt, wie ich das angehen würde. Hab ich ihr diese läppischen Einladungen aus der Hand genommen und wir sind miteinander vors Presshaus. Nie um dramatische Gesten verlegen, ließ ich ihre weinbürgerliche Existenz in Flammen aufgehen. Die Laura hat erst groß geschaut und unsicher gelacht, aber dann sogar auch noch ihr kindisches Stoffpüppchen auf den Scheiterhaufen gelegt."

„Ah, so war das!" Polt kramte in einer Lade und legte ein halb verkohltes Etwas auf den Tisch. „Das da?"

„Genau das. Sie haben es also gefunden. Die Sache ist die: Eine von den Höllenbauer-Töchtern war im Rahmen eines Austausch-Programms in Guatemala und hat sogenannte ‚Sorgenpüppchen' mitgebracht. Dazu gehört die Geschichte vom Sonnengott, der einer unaussprechlichen Prinzessin die Gabe verliehen hat, Sorgen der Menschen verschwinden zu lassen. Sechs kleinere Göttinnen sind für je eine Sorge zuständig und werden durch ihre aus Wolle gewickelten Ebenbilder angerufen. Also: Püppchen unters Kopfkissen legen und der Morgen ist sorgenfrei. Wer's glaubt. Hübsche Legende aber immerhin, schön exotisch obendrein, und ich meine, es gibt kein Mädchen im Wiesbachtal, das nicht so was hat. Für die Laura ist es aber endlich klar geworden, dass sie ihre Sorgen schon selbst entsorgen muss. So weit, so vernünftig. Dann war die Laura weg. Gleich darauf sind Sie gekommen, und als ich wieder allein war, hab ich schön langsam begriffen, dass meine unheilige Presshauspredigt nicht nur unüberlegt war, sondern auch einigen Schaden anrichten könnte. Statt die Laura sicher nach Hause zu bringen in ihrem Zustand, habe ich sie aufgestachelt, bin mir gut vorgekommen in dieser Rolle. Aber so mies war ich noch nie. Ich bin da gesessen, aus dem Unbehagen ist nach und nach Verzweiflung geworden, hab vergeblich versucht mir einzureden, dass es ein harmloses Ende geben wird, eigentlich geben muss. Schließlich bin ich aufgebrochen, um die Laura zu suchen. Ihnen hab ich ein Theater vorgespielt, Herr Polt. Aber die bösen Vorahnungen sind immer dunkler geworden. Als ich dann das Ende der Geschichte erfahren habe, ist der Vorhang gefallen, und ich bin allein auf der leeren Bühne gestanden, ratlos, sprachlos, hilflos, unendlich traurig. Ich habe dieses Mädchen, diese junge Frau, in den Tod geschickt – in der festen Überzeugung, ihr etwas Gutes zu tun. Jetzt will ich nur noch wissen, wie sehr ich schuldig geworden bin."

Der Tag der Herren

Am nächsten Morgen wollte Polt nicht so recht mit dem Tag anfangen. Verworrene, grausame Träume machten ihm immer noch Angst, und der Wein, am vergangenen Abend erst besänftigend, dann wohltuend, dann tröstend gewesen, lag lähmend schwer über ihm: ein feuchtkalter Fetzen, ein fetter, widerwärtiger Kater, daran war nicht zu rütteln. Zu allem Überdruss war dieser Sonntag auch noch auf eine geradezu unangenehme Weise schön. Aufdringlich muntere Sonnenstrahlen berührten Polts Gesicht und es war viel zu hell. Keine Spur von November. Gerade noch rechtzeitig fiel ihm ein, dass er an diesem Tag nicht Gemischtwarenhändler, sondern Wirt war. Hastig stand er auf und versuchte im Bad mit Hilfe von viel kaltem Wasser sich selbst wieder ähnlicher zu werden. Grammel bekam seinen Napf gefüllt, Polt hingegen verließ das Haus ohne Frühstück.

Im Kirchenwirt war so früh am Tag nicht viel los, doch jene wenigen, die sich einfanden, hatten es entweder eilig, um noch vor dem Kirchgang Trost und Labung zu finden, oder sie waren zuhause nicht wirklich daheim und suchten Unterschlupf im Wirtshaus. Kurz nach acht nahm Polt den Leinensack mit dem frischen Gebäck von der Türschnalle und sperrte auf.

Zu seiner Freude sah er kalten Schweinsbraten im Kühlschrank, daneben sogar den Rest einer Krenwurzel. Auch der frische Laib Schwarzbrot mit seiner dunkelbraunen, rissigen Kruste war durchaus geeignet, die morgendliche Laune zu heben. Polt nahm das Brot zwischen beide Hände, roch daran und sang im Stillen das Lob des Wiesbachtaler Bäckers Martin Lust, der auch am Sonntag sehr früh in der Backstube stand, um niemanden darben zu lassen. Nach einem sehnsuchtsvollen Blick zum Bier-Zapfhahn fiel die Wahl dann doch auf Mineralwasser. Seit einigen Wochen funktionierte auch die museumsreife Kaffeemaschine des Kirchenwirtes wieder: Eine Enkelin Friedrich Kurzbachers, zu beachtlichem Liebreiz erblüht, war dem Werben eines jungen Elektrotechnikers nicht gänzlich abgeneigt. Eifrig bemüht, das Wohlwollen der Familie zu erringen, war dieser nur zu gerne bereit gewesen, Sandras Großvater einen Gefallen zu tun. Nach vielen Arbeitsstunden war das Werk dann vollbracht, und alle waren voll des Lobes, nur nicht Sandra. Sie erblickte in dieser Kaffeemaschine so etwas wie eine Nebenbuhlerin, die ihren Charly wochenlang vom Wesentlichen abgelenkt hatte. Wie auch immer: Polt ließ es fachmännisch zischen, rinnen und schäumen, nahm endlich am Stammtisch Platz und war bei sich selbst zu Gast.

Er blickte nur kurz auf, als einer in die Gaststube kam, den er viele Jahre lang nicht mehr gesehen hatte, ließ sich die Überraschung nicht anmerken und zeigte einladend auf den Sessel ihm gegenüber. „Harald Mank! Leberkässemmeln sind leider nicht im Angebot."

„Hab ich auch nicht erwartet, Simon. Dein Sinn für die höheren kulinarischen Weihen war noch nie besonders ausgeprägt, ganz im Gegensatz zum Spürsinn. Der Schweinsbraten da ... gibt's noch mehr davon?"

„Für dich schon."

Harald Mank war lange Zeit Polts Vorgesetzter in der mittlerweile geschlossenen Burgheimer Dienststelle gewesen. Kurz vor der Umwandlung der Gendarmerie in die Polizei war er versetzt worden. Mit den neu geschaffenen Strukturen war auch die Tradition jener Ordnungshüter Vergangenheit, welche dort, wo sie zur Welt gekommen und aufgewachsen waren, Dienst taten. Natürlich brachte dieses Nebeneinander oder Miteinander von Beruflichem und Privatem auch Spannungen und Konflikte mit sich. Andererseits wussten Polt, Mank und ihre Kollegen recht gut, welche Straftaten zu welchen Leuten in der Gegend passten und wie sie vorgehen mussten, um in der Dorfgemeinschaft nicht mehr Unruhe auszulösen, als wirklich notwendig war. Aber letztlich scheiterte Polt daran, einen auch nur halbwegs tragbaren Kompromiss zu finden zwischen dem Gesetz, dem er verpflichtet war, und der Gerechtigkeit, wie er sie sah.

Die beiden ließen sich Zeit mit ihrem einträchtigen Frühstück. Dann räumte Polt das Geschirr ab und setzte sich wieder an den Tisch. „Wie ist es denn so weitergegangen, mit dir als Polizist, Harald?"

„Einmal da, einmal dort und nirgendwo richtig Fuß gefasst. Kaum Kontakt mit den Menschen ringsum, und wenn, dann dienstlich. Und dafür, eine persönliche Beziehung zwischen Kollegen aufzubauen, blieb erst recht keine Zeit. Wir sind einfach dorthin gestellt worden, wo es organisatorisch oder strategisch von Vorteil war. Vermutlich durchaus effizient, das alles, aber mein Beruf hat mir davor mehr Freude gemacht. Freude, Simon! Wen interessiert denn so was heutzutage?"

„Mich zum Beispiel. Und was führt dich hierher?"

„Ich wollt einfach die alten Wurzeln wieder spüren. Seit ein paar Monaten bin ich ja Pensionist. Gestern war ich übrigens in der Breitenfelder Dienststelle. Den Walter Grabherr kenn ich von früher. Schwer in Ordnung, der Mann, und ein netter Kerl. Du warst bei ihm, hat er mir erzählt."

„Dann kennst du auch die Geschichte von der Laura Eichinger?"

„Freilich. Und diese Tragöde vom Bastian Priml. Er will mit dir ganz dringend darüber reden, traut sich aber nicht recht, weil er dich nicht hineinziehen will. Darf er trotzdem?"

„Aber ja."

„Dann wird er dich anrufen. Nur eine ganz persönliche Anmerkung, Simon: Lass dir nicht zu viel aufladen. Du bist einfach nicht mehr so belastbar."

„Alt, meinst du."

„Jung jedenfalls nicht. Noch was: Führt wenigstens das Kaufhaus Habesam Leberkässemmeln?"

„Selbstverständlich!"

„Na also! Bis morgen, Herr Habesam!"

Polt war gerne Wirt, er mochte seine Gäste, die einen mehr, andere weniger, aber er war dann doch recht froh darüber, wenn er gegen Abend Schluss machen konnte. Er hatte inzwischen auch schon einige Übung darin, teilnehmend dreinzuschauen, wenn er an der Schank etwas erzählt bekam, von dem er nichts hören wollte. Der Eder Erich zum Beispiel, ein leidlich zu Geld gekommener Fuhrwerksunternehmer, berichtete Sonntag für Sonntag von seinen rasanten Geschäften, kühnen Überholmanövern und gewichtigen Gütern. Jetzt sei es an der Zeit, endlich international Fuß zu fassen, pflegte er abschließend und bedeutsam um sich blickend festzustellen. Die Männer an der Schank schauten dann nicht minder bedeutsam zurück und einer stellte heimtückisch fest, dass so viel Reichtum doch eigentlich ein Anlass wäre, eine Runde auszugeben. An diesem heiklen Punkt angelangt, blickte der ambulante Unternehmer stets gehetzt auf sein Smartphone und bedauerte, jetzt und keine Sekunde später einen ganz dringenden Termin wahrnehmen zu müssen.

Gänzlich unbehelligt von drängenden Terminen war indes der Schuster Erich. Schon in seiner sozusagen aktiven Zeit als Gemeindearbeiter hatte er den Stillstand zur edelsten Form der Bewegung erklärt und die Dringlichkeit anstehender Arbeiten gerne so lang gegeneinander abgewogen, bis sie sich von selbst erledigt hatten. Nunmehr, mit Bedacht in den Ruhestand getreten, stand und ruhte er standesgemäß, hörte den anderen zu, raffte sich sehr selten zu einem „Soll sein" auf oder zeigte erstaunliche Ansätze von Dynamik, wenn er mit dem Zeigefinger der rechten Hand sein leeres Weinglas gut einen Zentimeter in Richtung Polt rückte.

Zu den wöchentlichen Stammgästen im Kirchenwirt zählte aber auch und nicht zuletzt Roman Bader, Weinbauer von Beruf und Kenner von Berufung. Weil es im Kirchenwirt der Gerechtigkeit halber Weine aus dem gesamten Wiesbachtal gab, hatte Bader viel zu verkosten, zu prüfen, zu analysieren, feinsinnig und treffsicher einzuordnen, zu beurteilen und zu kritisieren. Auf sein einleitendes „Alle Achtung" folgte stets ein düsteres „Aber ...", verbunden mit der gnadenlosen Auslotung des leider nicht genutzten Verbesserungspotentials. Einmal allerdings, als man ihm, ohne einen Namen zu nennen, mit respektvoller Neugier ein Glas vorsetzte, ließ er grausam sogar die höfliche Einleitung weg und sprach sogleich ein vernichtendes Urteil – und zwar über seinen eigenen Weißburgunder.

Aus, vorbei, ihr Leute. Sperrstunde.

Draußen war es schon dunkel und ziemlich kalt unter dem immer noch wolkenlosen Himmel. Zeit, dass Polt nach Hause kam.

Schon mit dem Schlüsselbund in der Hand ging er auf sein Haus zu und sah Benni vor der Ladentür stehen. „Du hast auf mich gewartet?"

„Ja."

„Nur so?"

„Nein, nicht nur so. Ich muss mit Ihnen reden, Herr Polt."

„Dann komm mit hinein."

„Worum geht's, Benni? Erst willst reden und dann sagst nichts."

„Ich hab Angst."

„Geh, du!"

„Sie werden gleich wissen, warum, Herr Polt. Ich war das mit dem Feuer im Presshaus und dem Herrgott an der Tür."

„Und das sagst du mir so einfach ins Gesicht?"

„Ja."

Polt fror. Die Kälte fing an zu glühen und zu brennen. „Scher dich aus meinem Haus, aber schnell."

Benni blieb. Als Polt aufstand und auf ihn zuging, schaute er ruhig zu ihm auf. „Ich bin freiwillig gekommen und ich geh freiwillig. Haun S' meinetwegen her."

„Einen Dreck werd ich tun. Aber du hast ausgespielt bei mir."

„Ich mach's gut, das alles."

„Darum geht es nicht. Ich hab so eine Freude gehabt, mit dem Presshaus, so eine kindliche, naive Freude. Was war dein Lieblingsspielzeug, Benni?"

„Ein ausgestopfter Stoffesel mit nur einem Ohr und einem Glasaug, der Bruno."

„Den nehm ich dir weg und brunz drauf."

Benni hatte den Kopf gesenkt. „Ich war ja ganz vorsichtig, hab den brennenden Fetzen dort hingschmissen, wo er bestimmt keinen Schaden anrichtet. Und das kleine Kreuz, hab ich gedacht, ist kaum was wert. Was ich damit alles kaputt mach, war mir nicht klar."

„Und warum? Bosheit? Warst bsoffen?"

„Nichts davon. Der Gonzo hat es so wollen."
„Ah, der. Führer, befiehl, wir folgen dir!"
„Es gibt noch mehr zu erzählen."
„Dann red."
„Es geht um die Kellergasse am vergangenen Sonntag. Wir haben die Laura beobachtet, wie sie aus dem Presshaus von dieser Schauspielerin gekommen ist. Ganz ordentlich abgefüllt, das Mädchen, wenn da nicht noch mehr im Spiel war. Verdammt, hab ich mir gedacht, eine leichte Beute für den Gonzo. Gleich darauf war sie mitten unter uns, hat aber nicht mitkommen wollen. Dass die sich wehrt, war mir neu an ihr. Beim Gonzo ist sie damit aber an den Falschen gekommen. ‚Nach Haus will das gute Kind!', hat er gesagt. ‚Später irgendwann, Hascherl. Erst wollen wir es noch lustig haben.' Dann war die Geschichte mit den Kameraden. Die Laura hat das alles nicht mehr so richtig mitbekommen. Ein bissl ist schon gerangelt worden, aber ich hab mir das blaue Aug erst später eingefangen. Wir sind dann in die hintere Kellergasse abgebogen, damit wir nicht auffallen. ‚Was jetzt?', hab ich den Gonzo gefragt. ‚Wirst schon sehen, Bubi', war seine Antwort. Die Laura hat geheult, ich hab gemeint, dass wir sie ziehen lassen sollten, weil sie ja sowieso nichts mehr zusammenbringt. ‚Aber wir bringen was zusammen', hat der Gonzo geflüstert und ihr zwischen die Beine gegriffen. Da bin ich zornig geworden, hab die Laura von ihm weggerissen und ihr einen Rempler gegeben, damit sie verschwindet. Ich hab sie noch wegrennen gesehen, dann aber nichts mehr mitbekommen, weil mich der Gonzo und die anderen nach Strich und Faden verdroschen haben. Als ich wieder bei mir war, bin ich allein dagestanden. Vielleicht kann der Polt was tun, hab ich gedacht. Ich bin schon vor der Tür gestanden, hab probiert, ob

noch offen ist, hab gezögert. Was soll er denn tun? Die Laura ist hoffentlich längst zu Hause, und wie meine Freunde mit einem alten Mann umspringen würden, hab ich mir vorstellen können."

„Ah, dich hab ich gehört, damals. Und weiter? Jetzt bist du wieder bei dem Verein?"

„Ja. Ich glaub nicht, dass Sie verstehen, wie das ist. Wer nicht mehr mittun kann mit den anderen, den gibt es vielleicht noch irgendwie, aber sein Leben hier im Dorf, in der Gegend, kann er vergessen. Ein Zombie, untot."

„Mir bricht das Herz."

„Klingt ja auch blöd, ist aber so. Und der Gonzo ist eigentlich ganz anders. Es waren halt alle besoffen an dem Abend. Jedenfalls ist der Gonzo ein paar Tage später auf mich zugekommen, so richtig freundschaftlich, und hat gesagt, dass ich schon wieder dabei sein kann, aber ..."

„Was aber?"

„Eine Art Mutprobe und der Beweis, dass mir meine Freunde wichtiger sind als der Alte in seinem Kaufhaus."

„Ist das so?"

„Irgendwie schon."

„Verstehe: Du gehörst zu den Jungen und nicht zu den Alten."

„Ja. Aber nicht nur. Sonst wär ich heute nicht da."

„Und mehr kann ich wahrscheinlich nicht verlangen. Magst was trinken?"

„Bier?"

„Ist im Kühlschrank. Nimm dir. Und mir bringst auch eins mit."

Beide tranken, beide schwiegen. Irgendwann wurde es ungemütlich. Polt räusperte sich. „Hast du eigentlich was von den Dreharbeiten in der Kellergasse mitgekriegt?"

„Dreharbeiten?" Benni starrte Polt ins Gesicht und stellte sein Glas hart auf den Tisch. „Dreharbeiten ... wovon reden Sie?"

„Vom Lederhosen- und Dirndl-Porno im Presshaus vom Krautwurm Willi!"

„Nein, haben wir übersehen. Schade, wär sicher eine Hetz gewesen. Aber wir kennen die Truppe, Herr Polt, haben sie schon einmal voll in Action gesehen, ausgerechnet auf diesem Aussichtsturm an der Grenze, dem Mahnmal der Heimatvertriebenen."

Möglichst unmöglich

Am nächsten Morgen, Polt hatte soeben sein Kaufhaus geöffnet und saß beim Frühstück, holte ihn das Telefon aus seiner verschlafenen Idylle. „Ja? Polt." Er hörte die Stimme von Walter Grabherr. „Bin ich zu früh dran? So richtig munter klingen Sie noch nicht!"

„Ich war Wirt gestern. Aber heute bin ich Gemischtwarenhändler. Da muss ich früh aus den Federn."

„Dann bin ich ja beruhigt. Der Harald hat mir gesagt, dass ich Sie anrufen darf."

„Da hätten S' nicht fragen müssen."

„Danke. Aber es geht um mehr, um viel mehr, halb privat, halb dienstlich. Und ich weiß nicht, ob ich Ihnen das antun soll."

„Dann reden wir halt darüber."

„Ja, gerne. Aber nicht am Telefon und schon gar nicht in der Dienststelle. Nicht einmal in Breitenfeld wär's mir recht. Darf ich Sie besuchen kommen, heute zum Beispiel? Ich hab dienstfrei."

„Ist mir recht. Wann?"

„Haben Sie am frühen Nachmittag Zeit für mich? So gegen zwei?"

„Ich hab immer Zeit. Fast."

„Sie Glücklicher! Bis später!"

Der Vormittag bescherte Polt und dem Kaufhaus Habesam nur eine Kundin, doch die war von Gewicht. Frau Kurzbacher, groß gewachsen und stämmig, trat ein, warf der gemalten Kauffrau einen schwesterlichen Blick zu und fasste Polt mit strenger Güte ins Auge. „Guten Morgen, Simon!"

„Frieda! Wie komm ich zu der Ehre? Noch dazu am Vormittag, wo doch genug zu tun ist für dich in der Küche."

„Längst erledigt. Der Schweinsbraten steht schon seit zwei Stunden im Rohr. Bis Mittag ist er dann butterweich und der Friedrich kann ihn auch ohne Zähne beißen."

„Du kennst dich halt aus. Wie war der Hochzeitstag?"

„Sehr schön, sehr feierlich! Mein Mann hat mir in der Früh sogar Blumen ans Bett gebracht. Astern! Hat er wahrscheinlich zu Allerseelen am Friedhof mitgehen lassen. Zum Mittagessen hat uns meine Schwester, die Kathi, eingeladen. Schweinsbraten hat's gegeben, weich, aber nicht butterweich. Sie ist ja noch jung, die Kathi, und wird's schon noch lernen. 76, Simon! In dem Alter bin ich noch gesprungen wie ein Zicklein!"

„Aber!"

„Und die Kathi hatscht daher wie mit hundert. Am Abend hat der Friedrich dann eine Flasche Wein aufgemacht und mir mein Geschenk überreicht." Sie griff in ihre Einkaufstasche. „Das Nachthemd kannst du dir behalten, Simon."

„Was ist damit?"

„Mottenlöcher, gleich zwei, und an Stellen, über die eine anständige Frau lieber nicht spricht."

„Oje. Aber so was kommt vor bei mir. Willst dir was anderes aussuchen?"

„Nicht mehr nötig. Eine Frau wie ich weiß, was sie will. Hast ein ganz großes Kaffeehäferl, Simon? Mit Goldrand und Blumen drauf? Aber keine Astern."

„Wird sich finden lassen. Warum groß?"

„Weil mir der Dr. Eichhorn gsagt hat, dass ich nur noch einmal am Tag Kaffee trinken soll, wegen dem

Herz und dem Blutdruck. Ich bin ja eine gehorsame Patientin. Aber das eine Häferl soll sich dann wenigstens auszahlen."

Pünktlich um zwei sah Polt, wie ein Dienstauto der Polizei vor der Ladentür hielt. Walter Grabherr stieg aus, der Wagen fuhr weiter. Polt öffnete die Tür. „Willkommen in Burgheim!"
„Danke für den freundlichen Empfang, mein Lieber. Übrigens bin ich natürlich nicht mit Chauffeur unterwegs. Aber mein Kollege muss nach Brunndorf: Zwei Nachbarn streiten wieder einmal. Erst hat der eine der Katze vom anderen einen Stein nachgeworfen, weil er sie nicht im Garten haben will, dann hat der andere dem kleinen Hund vom Nachbarn einen Tritt geben – bei einem größeren hätt er sich sowieso nicht getraut. Der Katzenfeind hat dann geschrien, dass er sein Luftdruckgewehr aus dem Haus holen wird, und der Hundefeind hat zurückgebrüllt, dass er gleich mit dem Jagdmesser kommt. Das ist einer Nachbarin der beiden zu dumm geworden und sie hat uns angerufen."
„Kenn ich von früher."
„Die Menschen ändern sich nicht. Fast jeden Tag haben wir mit solchen Blödheiten zu tun. Und es gibt noch mehr, was uns das Leben unnötig schwer macht: anonyme Dienstbeschwerden ans Innenministerium, die meisten erstunken und erlogen, Anschuldigungen aller Art, um einander eins auszuwischen, familiäre Gewalttätigkeiten im Suff ... aber alles, alles nehme ich gern in Kauf angesichts unfassbarer Scheußlichkeiten, die leider auch passieren. Aber was erzähl ich Ihnen. Jetzt bin ich im Kaufhaus Habesam und dort wollte ich schon lange einmal sein." Grabherr schaute sich um. „Großartig! Wie eine randvoll gefüllte Spielzeugkiste ..."

„… die aber jede Menge Arbeit macht. Kommen S' nach hinten, Herr Grabherr. Kaffee, Tee, Bier, Wein?"

„Kaffee bitte, ich brauch einen klaren Kopf. Vielleicht stoßen wir später noch an … wann geht am Abend der Autobus Richtung Breitenfeld?"

„Halb acht ungefähr."

„Dann bleibt uns Zeit. Oder haben Sie noch was vor heute?"

„Nein."

„Gut, eins nach dem anderen. Hat der Herr Eichinger schon mit Ihnen geredet? Wollte er nämlich …"

„Doch, ziemlich lang sogar. Gar nicht so uneben, der Mensch, und er kann einem wirklich leidtun …"

„Seh ich auch so. Jedenfalls wissen Sie dann schon so ungefähr Bescheid."

„Also kein Fremdverschulden?"

„Das lässt sich nach unserem Kenntnisstand ausschließen. Und wir waren fleißig und gründlich. Die Laura ist einfach ertrunken. Das kann ein Unfall mit Todesfolge gewesen sein. Ein Suizid natürlich auch. Sie war ja ein denkbar unglückseliges Geschöpf, nach allem, was mir ihre Eltern erzählt haben. Schwer betrunken und unter Drogen ist es schon vorstellbar, dass sie fast bewusstlos im Wasser liegen blieb, damit endlich alles vorbei ist. Arme Laura, arme Eltern."

„Und bei der Obduktion ist nichts … Sexuelles herauskommen?"

„Spermaspuren, innere Verletzungen? Nein. Aber warum fragen Sie?"

„Der Benni, also der Benjamin Rehhaupt, war gestern bei mir und hat mehr über den Sonntagabend erzählt. Und dieser Gonzo, der Sohn vom Karl Breit, ist sie ganz schön arg angegangen, die wehrlose Laura."

„Können Sie im Detail berichten?"

Polt erzählte.

„Da sind Sie uns eine Nasenlänge voraus, Herr Polt. Dieser Gonzo ist vorgeladen worden und hat sich eigentlich recht kooperativ gezeigt. Sein Verhalten der Laura gegenüber hat er allerdings beschönigt. Auch von einer Abstrafung vom Benni hat er nichts erzählt. Aber darin, dass die Laura kurz nach der Reiberei im Kameradschaftskeller weggelaufen ist, weil sie endlich nach Hause wollte, stimmen die Aussagen überein."

„Und der Heimweg führt doch den Wiesbach entlang am Friedhof vorbei ..."

„Ja. Natürlich sind wir auch Ihrem Hinweis mit den bewegten Lichtern zwischen den Gräbern nachgegangen. Es ist aber nichts Entscheidendes dabei herausgekommen. Es hat bei uns in Breitenfeld früher einmal ein paar Gruftis gegeben, also Leute, die sich von Friedhöfen angezogen fühlen. Dass dabei auch Satanismus mitgespielt haben könnte – ich sag jetzt einmal vereinfacht: Lust am teuflisch Bösen –, ist nie auszuschließen. Aber die Szene hat sich eigentlich aufgelöst. Blöde Spielereien gibt es natürlich nach wie vor, auch Schmierereien und Grabschändungen von rechtsradikaler Seite. Aber hier in Burgheim ... wir haben einfach nichts Konkretes herausgefunden."

„Aber mir ist später noch was untergekommen, am Allerseelentag."

Polt erzählte. Am Ende war der Polizist nachdenklich geworden. „Ich erinnere mich an einen bis heute nicht geklärten Fall bei uns in Breitenfeld, in dem blutige Gewalt im Spiel war – an die fünfzehn Jahre ist das her. Es hat mit dem nächtlichen Notruf eines jungen Menschen angefangen: Sein Freund liege schwer verletzt am Friedhof und blute stark. Dem Jugendlichen war über zwanzig Mal ein Messer ins Gesicht und in die Brust gerammt worden. Was mit den jungen Männern nachts zwischen den Gräbern geschehen ist, liegt bis heute weitgehend im Dunkel. Natürlich war von Satanismus die Rede, und solche Leute werden ja auch mit Nahtod-Experimenten in Verbindung gebracht: Man geht an die Grenze und erst sehr knapp vor dem tödlichen Ende ist Schluss mit dem Spiel. Da ist natürlich vieles denkbar ..."

„Der Benni hat gemeint, dass es wohl Gruftis aus Breitenfeld waren, damals am Sonntag, und dass er denen nicht einmal in die Nähe kommen will. Und dann gibt es noch einiges von meiner Seite." Polt berichtete von seinen Gesprächen mit Mira Martell und Peter Seidl.

Der Polizist seufzte. „Ja, das sind natürlich neue Facetten eines ohnehin schon rätselhaften Bildes. Aber es ändert nichts daran, dass wir mit unserer Weisheit so ziemlich am Ende sind. Verstehen Sie mich richtig: Wenn wir alle Möglichkeiten ausgereizt haben, wird der Fall geschlossen und nur dann wieder aufgenommen, wenn sich etwas entscheidend Neues ergibt. Damit komm ich aber auch auf den ersten Grund für meinen Besuch. Ich bin jetzt seit Jahrzehnten Polizist. Natürlich wächst einem da eine dicke Haut, weil es anders gar nicht auszuhalten wäre. Aber nur nach Vorschrift funktionieren ist mir zu wenig, viel zu wenig. Der Tod dieses Mädchens steht, wie ich glaube, am Ende einer langen, bitteren Geschichte. Diese Geschichte will ich verstehen lernen, und ich will wissen, wie sie wirklich gestorben ist und wer mit ihrem Tod zu tun hat."

„So ähnlich hat das der Herr Eichinger auch formuliert."

„Ja klar. Er will sehenden Auges Abschied nehmen."

„Was wollen Sie tun?"

„Den Simon Polt um Hilfe bitten. Das wird Sie vielleicht wundern, aber ich gehöre nicht zu denen, die einen Kollegen links liegen lassen, wenn er keine Uniform mehr trägt. Im Gegenteil: Ich fände es geradezu sträflich, vorhandenes Potential nicht zu nutzen. Sie können natürlich keine Verhöre führen, niemanden vorladen, aber darauf waren Sie auch früher nie angewiesen. Außerdem hätten Sie eine nicht zu unterschätzende Unterstützung: Sie bekommen von mir jede notwendige Auskunft, jede Hilfe, die ich verantworten kann."

„Ich glaube, dass Sie sich da zu viel von mir versprechen."

„Und wenn es so wäre: Dann haben wir wenigstens beide unser Bestes getan."

„Na gut, versuchen können wir's ja."

„Das hört man gerne! Und noch was, Herr Polt: Bastian Priml muss weg."

„Wie versteh ich das?"

„Nicht so brutal, wie es klingt. Aber er rutscht immer tiefer ins Unglück. Noch habe ich verhindern können, dass sich irgendein Journalist in ihn verbeißt. Spätestens dann müsste ich ihn schleunigst in die Frühpension schicken. Feine Sache übrigens: Ich wasche meine Hände in Unschuld, hab ein paar Sorgen weniger, und er geht für sich allein und ohne Schaden anzurichten vor die Hunde."

„Passt aber nicht zu Ihnen. Gibt's einen Ausweg?"

„Nein. Aber vielleicht einen Umweg. Das Wichtigste ist jetzt, ihn von den Schauplätzen seines Versagens zu entfernen."

„Seh ich ein. Wie?"

„Über unverschämte Zumutungen sollte man sich nicht hinwegreden. Halten Sie es für möglich, Herr Polt, den Bastian Priml irgendwo im Wiesbachtal wohnen zu lassen? Natürlich nicht in Ihrem Haus, das wäre untragbar für die Familie."

„Ja, glaub ich auch ... etwas würde mir schon dazu einfallen, aber wir bringen damit sozusagen den Teufel mit dem Beelzebub zusammen."

„Das müssen Sie mir erklären."

„Gern. Es geht um die Grete Hahn, Witwe nach ihrem ermordeten Ehemann – wissen Sie ja vielleicht. Der Frau ist nichts Menschliches fremd, sie ist durchtrieben, tapfer und listenreich. Ihr Alkoholproblem hat sie allerdings nur leidlich im Griff. Wer weiß, was passiert, wenn wir die zwei aufeinander loslassen."

„Bevor es ganz schiefläuft, ziehen wir die Notbremse."

„Gut. Ich red einmal mit ihr."

„Danke. Noch eine Überlegung war dabei: Der Priml ist zwischendurch ja durchaus ansprechbar, und blitzgescheit ist er sowieso. Vielleicht kann er sogar irgendwie behilflich sein? Das tät ihm ungeheuer gut, glaub ich. Ich muss ihn nur noch dazu überreden mitzuspielen. Also, ich fasse zusammen: Wir wissen, dass es unmöglich ist. Also tun wir's. Und jetzt hab ich noch eine dritte Bitte."

„Kommt auch nicht mehr darauf an."

„Könnt ich einen Schluck Wein haben? Eher einen großen Schluck, wenn's geht."

Grabgelichter

Eine unruhige Nacht und ein paar seltsame Träume später griff Polt noch vor dem Frühstück zum Telefon und wählte Frau Hahns Nummer. „Entschuldige, Grete, hab ich dich aufgeweckt?"

„Ich bin Tag und Nacht eine aufgeweckte Erscheinung, Simon. Was gibt's?"

„Kannst du dich an den Inspektor Priml erinnern?"

„Dieses Mensch gewordene Skalpell? Welchen Fall seziert er gerade?"

„Den eigenen. Ich hab dir ja einmal erzählt, dass er Alkoholiker war. Jetzt ist er es wieder."

„Kann ich nachvollziehen. Schönen Gruß von mir. Vielleicht besuch ich ihn einmal in der Folterkammer."

„Das kannst du dir ersparen. Sein Vorgesetzter meint, dass es vielleicht den Funken einer Chance gibt, wenn man ihn aus seiner jetzigen Umgebung herausholt."

„Kluger Gedanke. Also in den Entzug mit ihm."

„Da müsst er mitspielen, tut er aber nicht, weil er keine Hoffnung mehr hat. Ich hab mit dem Priml geredet: Dieser Mensch hat sich aufgegeben."

„So weit war ich auch schon. Aber es gibt immer eine Alternative."

„Ja, zum Beispiel eine, die Grete Hahn heißt."

„Was sagst du da?"

„Eine Zumutung, ich weiß schon. Aber könntest du ihn für ein, zwei Wochen bei dir unterbringen?"

Grete Hahn schwieg, Polt wartete geduldig zu. Dann wurde er doch unruhig. „Was ist?"

„Ich hab nur nachgedacht. Her mit dem Priml. Einen Mann hab ich noch nie von der Tür gewiesen, und er wär bestimmt nicht der erste Besoffene, der bei mir auf der Bettbank liegt."

Gleich darauf erreichte Polt Walter Grabherr in der Dienststelle. „Ich wollt nur Bescheid geben. Die Grete Hahn ist bereit uns zu helfen."

„Sie sind ein Mann der Tat! Und der Frau Hahn ist ein Platz im Himmel sicher."

„Ich glaub, die findet es in der Hölle irgendwie lustiger."

„Na, da sind wir dann wenigstens alle zusammen. Irgendwann heute versuche ich mit dem Kollegen Priml zu reden. Aber er wird einverstanden sein, weil es ihm egal ist. Ich melde mich dann unverzüglich bei Ihnen, Herr Polt. Ein Handy haben Sie?"

„Wofür?"

„Sie Glücklicher!"

Nachdem die drängende Pflicht getan war, konnte sich Polt endlich dem Wesentlichen widmen. Er begab sich auf die Suche nach Grammel, fand den Kater, zur Abwechslung quaderförmig, in einer kleinen Schachtel mit Nähzeug vor, öffnete eine Futterdose, deren Aufdruck „Feines Wildragout für verwöhnte Jungkatzen" versprach, schaute gerührt auf das kleine, gierige Fellbündel hernieder und sorgte anschließend dafür, dass es auch ihm selbst an nichts fehlte. Er sperrte pünktlich um acht die Ladentür auf, nahm das davor liegende Paket mit Zeitungen und Magazinen mit ins Geschäft, schnürte es auf und griff zum „Illustrierten Heimatblatt". Eine Schlagzeile auf der Titelseite war Lauras Tod gewidmet. Wenige Details folgten. Offenbar war die Polizei mit Informationen sparsam umgegangen, natürlich sehr zum Ärger des Redakteurs, der nicht umhinkonnte, abschließend anzumerken, dass der tragische und rätselhafte Tod der allseits bekannten und beliebten Tochter der prominenten Winzerfamilie Eichinger trotz abgeschlossener Ermittlungen viele Fragen offen ließ. Drei Seiten weiter widmete sich auch die Kolumne des Chefredakteurs jenem Unbehagen, das dieser Fall auslöste: Unter dem Titel „Zutiefst betroffen" galt sein Mitgefühl der Familie und allen, die das Glück hatten, ein Mädchen wie Laura gekannt zu haben. Dem schloss sich nahtlos die Geißelung jener rigiden Sparmaßnahmen an, welche die Polizei dazu zwangen, es bei herzloser Routine bewenden zu lassen, Spitäler zu therapeutischer Fließbandarbeit nötigten, ohnehin schon darbende Gemeinden an den Bettelstab brachten und, ja, auch das dürfe nicht unerwähnt bleiben, Redaktionen an den Rand ihrer Leistungsfähigkeit trieben. Noch ein paar Seiten weiter wurde dann ausführlich vom sehr erfolgreichen, Tradition und Zukunft des Weinviertels so trefflich verbindenden Herbstzauber in der Burgheimer Kellergasse berichtet, der allerdings von Laura Eichingers schrecklichem Tod überschattet war. Die übrigen Neuigkeiten hatten weitaus weniger Gewicht: Ein rabiater Jugendlicher, unschlüssig, ob er alte Schulden oder frische Drogen bezahlen sollte, entschied sich dafür, vorerst einer Frau die Handtasche zu entreißen. Zwei Autos waren auf einer Breitenfelder Kreuzung gegeneinander geprallt. Eines kam verbeult, doch immerhin auf dem Fahrweg zum Stillstand, während das andere Fahrzeug recht dekorativ in einem nahen Vorgarten landete. Gemeindearbeiter hatten statt der wenigen kranken Bäume mehr oder weniger versehentlich ein ganzes Wäldchen gerodet und der Bürgermeister fand keine Erklärung dafür. Ein ebenso trunksüchtiger wie schlagfertiger Ehemann stieß wüste Drohungen aus, weil ihn seine Ehefrau nicht mehr ins Haus lassen wollte. Er wurde angezeigt und das Gericht sprach eine Strafe auf Bewährung aus.

Polt legte das „Illustrierte Heimatblatt" beiseite, als ein großer, weißer Wagen vor dem Kaufhaus Habesam hielt. Eine Frau mittleren Alters stieg aus, betrat mit raschen Schritten die Gemischtwarenhandlung und schaute sich um. „Grüß Gott, Herr Polt! Marietta Eichinger mein Name. Ich bin gestern aus Verona zurückgekommen. Mein Mann hat mir vom Gespräch mit Ihnen erzählt. Haben Sie Zeit für mich?"

„So viel Sie wollen! Ich möcht gar nicht wissen, wie es in Ihnen ausschaut, Frau Eichinger. Wie stehen Sie das alles durch?"

„Ja, wie? Wir sind gut dressiert, mein Mann und ich. Wie die Zirkuspferde. Kaputt, wenn keiner herschaut, halb tot vor Schmerzen, aber wenn die Musik spielt, geht es hinaus in die Manege."

„Und das braucht Kraft."

„Mehr, als wir eigentlich haben. Aber es geht sich aus. Können wir uns irgendwo hinsetzen, Herr Polt?"

„Ja, gern! Kommen Sie mit nach hinten."

„Kaffee? Tee? Mit meinem Wein möcht ich Sie lieber nicht langweilen."

„Nichts von dem, Herr Polt. Von der Freude, die wir an unserer Laura hatten, wissen Sie von meinem Mann. Von den Problemen natürlich auch. Übrigens war die Mira, die Mira Martell, so tapfer, mir zu erzählen, was sich zwischen ihr und meiner Tochter abgespielt hat an diesem Sonntag."

„Und wie stehen Sie dazu?"

„Kurz gesagt: Der richtige Rat zur denkbar falschen Zeit und am falschen Ort."

„Aber es ist doch auch um eine Auflehnung gegen die Eltern gegangen, wenn ich's richtig verstanden habe. Die verbrannten Einladungen ..."

„Dazu hätte es schon früher kommen sollen."

„Das versteh ich jetzt nicht."

„Ich hab's auch erst nach und nach begriffen. Dazu muss ich jetzt ein wenig ausholen. Vorher bin ich Ihnen aber eine Erklärung schuldig, Herr Polt, nämlich dafür, warum ich zu Ihnen gekommen bin. Die Laura ist tot. Und jetzt hab ich Angst um meinen Mann."

„Tut's ihm so weh?"

„Das ist es nicht, nicht nur. Als wir erfahren haben, was mit der Laura los ist, haben wir uns überlegt, wie wir damit umgehen könnten. Er als Mann und ich als Frau. Er als Fels in der Brandung und ich als sturmsicherer, verschwiegener Hafen."

„Ja, so ungefähr hab ich es auch von Ihrem Mann gehört."

„Wir waren auch davon überzeugt, dass unser Sicherheitsnetz halten wird, bis die Laura in ein ruhigeres Fahrwasser kommt. Jetzt müssen wir umdenken. Und ich muss mich fragen, ob nicht wir es waren, die sie in den Tod getrieben haben, in die finale Resignation. Und es hat ja verdammt gut zu unserer Tochter gepasst, Herr Polt, so leise und unauffällig zu gehen, fast, als hätte sie sich auch dafür geniert."

„Aber warum wären Sie denn daran schuld gewesen, um Himmels willen?"

„Schuld? Unsere umfassende Zuwendung, unsere unerschütterliche Toleranz und unser grenzenloses Wohlwollen."

„Was soll schlecht sein daran?"

„Nichts. Absolut nichts. Aber auch in einem gutmütigen, liebesbedürftigen Menschen wie der Laura stecken Widerspenstigkeit, Aggression, Rebellion. Die Laura hat nie lernen dürfen, damit umzugehen. Sie wollte, konnte uns das nicht antun, weil wir ja immer so lieb zu ihr waren. Und ihre vielen Versuche, sich abseits der Familie Freiräume zu schaffen, harmlose, fragwürdige oder auch gefährliche Freiräume, sind letztlich an ihrem eingelernten Wohlverhalten gescheitert. Wer es auch noch im Exzess allen recht machen will, macht alles falsch und wird bald einmal fad für die anderen."

„Kompliziert. Aber irgendwie versteh ich das schon. Und warum haben Sie jetzt Angst um Ihren Mann?"

„Weil ich mehr weiß als er. Geliebt und geachtet hat uns die Laura beide gleichermaßen. Aber bei mir hat sie sich doch mehr gehen lassen können, und dann gab es schon auch einmal verzweifelte Wut. Ihre tollpatschigen Fluchten haben allesamt mit blauen Flecken, schmerzhaften Wunden oder auch tiefen Verletzungen geendet. Dann sind wir eben dagesessen, wir zwei, haben miteinander geheult oder auch einmal gestritten, dass die Fetzen geflogen sind. Und dann ist sie zum Papa gegangen und hat ihm die Wahrheit erzählt, aber so zurechtgestutzt, wie sie geglaubt hat, dass er es verdauen kann. Ein unlösbares Dilemma: Ich habe versucht, in ihr etwas aufzuwecken, das sie aus Liebe zu ihrem Vater aber nicht ausleben wollte. Herr Polt ... der Hannes hat Sie darum gebeten, sich weiter umzuhören, damit er vielleicht ja doch noch erfährt, was wirklich war?"

„Nicht nur er. Gestern war auch noch der Postenkommandant von Breitenfeld bei mir, dem die Sache erst recht keine Ruhe lässt."

„Und ich hab so sehr gehofft, dass es bei einer barmherzigen Ungewissheit bleiben könnte. Ich weiß nicht, ob mein Mann den Gedanken ertragen würde, dass die Laura keine andere Wahl mehr hatte als zu gehen. Wie seine Tochter hat er schon immer die Schuld bei sich gesucht, und nur bei sich. Und auch ihm wird es irgendwann zu viel."

„Jetzt einmal andersherum, Frau Eichinger. Der Grabherr – also der Postenkommandant – und ich glauben ja eher nicht daran, dass Ihre Tochter freiwillig in den Tod gegangen ist. Wenn es jemanden gibt, der was Schreckliches angestellt hat – das wäre doch auch für Sie und Ihren Mann wenigstens eine gewisse Erleichterung. Hab ich Recht?"

„Ja."

„Und wenn sich nicht bald jemand findet, dem wir konkret etwas vorwerfen können, waren wir eben erfolglos und lassen die Sache auf sich beruhen. Man muss ja nicht immer alles wissen. Dem Herrn Grabherr bring ich das schon bei."

„Sie sind ein lieber Mensch, Herr Polt!"

„Aber gehen S'! Darf ich Sie noch was fragen?"

„Freilich!"

„In dieser Sonntagnacht hab ich am Friedhof eigenartige Lichter gesehen, und ein paar Tage später war wieder was los. So eine Art Scheiterhaufen für ein gekreuzigtes Sorgenpüppchen. Wissen Sie, was das ist?"

„Na klar, von der Laura."

„Den Benni kennen Sie ja auch."

„Besser, als mir lieb ist."

„Jedenfalls hat er gemeint, dass irgendwelche Gruftis aus Breitenfeld damit zu tun haben. Ist Ihre Tochter jemals mit solchen Leuten in Kontakt gekommen?"

„Was hätte die denn nicht ausprobiert? Erst ist sie mit diesem abstoßenden Gothic Style dahergekommen. Das war aber schnell vorbei. Dann hat sie einen Freund erwischt, der sich mit anderen auf Friedhöfen herumgetrieben hat, also einen Grufti. Hat sie dann eben auch mitgetan, weil sie dazugehören wollte. Die anderen haben ihr die Jenseitigkeit aber nicht wirklich abgenommen, und mit dem Freund war dann auch Schluss."

„Den Namen wissen Sie?"

„Kurz nachdenken. Ich hab's schon: Werner Goldinger, ein Breitenfelder."

„Das hilft uns vielleicht. Danke für Ihr Vertrauen."

„Jetzt muss ich aber weiter, sonst gibt es heute kein Mittagessen." Marietta Eichinger verharrte noch einmal im Weggehen. „Eine echte Wunderkammer, Ihre Warenhandlung. Sie müssen schon entschuldigen, dass ich noch nie bei Ihnen eingekauft habe. Aber für unsere Kunden muss es halt immer etwas ganz besonders Feines und Ausgefallenes sein. Was steht denn da im Regal?"

„Hausgemachte Sachen aus der Gegend, von Freunden und Bekannten."

Sie trat interessiert näher. „Ah ja, den fantastischen Rückenspeck vom Gassl kenn ich natürlich. Aber der Rest ... faszinierend. Kann ich von allem eine Portion haben, zum Verkosten?"

„Ja, gern. Nur nicht den Quittenkäse von meiner Frau. Hat die Mira Martell aufgekauft."

„Und die weiß, was gut ist."

„Da schau her."

Alle Engel sind schrecklich

Polt rief gleich einmal Walter Grabherr an. „Da war was mit der Laura und einem Werner Goldinger aus Breitenfeld, so ein Grufti. Hat mir die Frau Eichinger erzählt."

„Ist ja hochinteressant! Ich werde jetzt einmal halb privat mit ihm reden, Herr Polt. Übrigens sieht der Kollege Priml ein, dass es für ihn besser ist, von der Bildfläche zu verschwinden. Ich bringe ihn aber erst morgen mit seinem VW Käfer zur Frau Hahn. Der Mechaniker soll sich diesen Schrotthaufen vorher noch anschauen. Aber ich sollte nicht ungerecht sein, etwas funktioniert wirklich an diesem Gefährt: so ein kleiner Kompass, der mit einem Saugnapf an der Scheibe pickt. Jetzt könnt der Priml einen ganz großen Richtungsweiser brauchen. Ja, und noch was: Ich gebe meinem bedauernswerten Kollegen eine Kopie vom Akt zu diesem Fall mit. Ich fürchte zwar, dass seine Leistungsfähigkeit derzeit gegen null geht, aber er kann sich wenigstens mit der Sache vertraut machen – und das will er wirklich, hat er gemeint. Und Sie, Herr Polt, bitte ich, ihn so gut wie möglich einzubinden."

„Ja, klar. Die Grete wird mich ja anrufen, wenn er bei ihr eingezogen ist."

Gegen Abend kam dann Peter Seidl etwas umständlich zur Tür herein, weil er ein Fahrrad unter dem Arm trug. Polt hatte so etwas noch nie im Leben gesehen und er bezweifelte ernsthaft, dass dieses silbrige Gebilde ohne schwerwiegende Folgen zur Fortbewegung benutzt werden konnte. „Was haben Sie denn da mitgebracht?"

„Ein Zweirad, wie man sieht. Ziemlich wagemutiges dänisches Design, federleicht und sprintfreudig, nur bergauf ein wenig mühsam. Man hat eben kaum Erfahrung mit Steigungen im Inselreich des Prinzen Hamlet. Na gut, der Møllehøj ragt immerhin atemberaubende 170 Meter in den Himmel. Darf ich meine rollende Skulptur im Kaufhaus abstellen? Nicht gerade billig, wissen Sie?"

„Aber ja. Wollen S' was kaufen?"

„Keine Sorge: nicht schon wieder Ihr geliebtes Gewölbe, eigentlich sonst auch nichts."

„Und warum sind Sie dann da?"

„Berechnende Heimtücke, Herr Polt. Heute Vormittag war die Marietta bei Ihnen, gestern Nachmittag die Polizei, und jetzt bin ich da, weil ja alles irgendwie zusammenhängt."

„Geht's auch einfacher?"

„Freilich. Ich agiere lieber, statt zu reagieren. Meine lächerliche Rolle in Lauras Tragödie habe ich ja schon angedeutet, bevor mich dieser Benni zur Flucht durch die Hintertür genötigt hat. Darf ich Sie heute Abend in meine labyrinthische Kellerwelt einladen, Herr Polt? Sagen wir gegen sieben? Es wird was zu verkosten geben: Wein und Wahrheit. Letztere vielleicht nicht ganz so reintönig wie Ersterer, aber durchaus bekömmlich."

„Soll mir recht sein."

„So. Schluss für heute, Frau Aloisia!" Polt verließ das Haus durch die Hintertür, holte sein Damenfahrrad für ältere Herren aus der Waschküche und näherte sich gemächlich der Burgheimer Kellergasse. Er hatte sich in den letzten Tagen oftmals gefragt, ob ihm der Weg zu seinem Presshaus je wieder Freude bereiten konnte. Seit dem Gespräch mit Benni war ihm ein wenig leichter ums Herz, und bald einmal würde er wohl aufsperren, eintreten, die bösen Bilder wegwischen, so gut es ging, ruhig werden, zuhause sein. Mit dem kleinen Unbehagen, das blieb, ließ es sich schon leben.

Polt atmete tief. An diesem Abend war der November wieder ganz nach seinem Geschmack: die Luft kühl und feucht, das Grau in vielen Schattierungen, allmählich dunkler in der beginnenden Nacht, darin flüchtig eingezeichnet die Konturen von Häusern, Wegen und Bäumen. Die Kellergasse dann und oben, nach den letzten Presshäusern, weithin ausgespanntes Hügelland.

Polt blieb noch viel Zeit für eine kleine, wunderliche Reise hinter die Welt. Der schmale Güterweg senkte sich sachte zwischen abgeernteten Äckern und Feldern einem geräumigen Talgrund zu und stieg, nunmehr von Rebstöcken begleitet, hügelan. Dort, wo schon tschechische Dörfer und die Stadt Znaim als helle Nester in der Dunkelheit lagen, wandte sich Polt nach Osten und folgte eine gute Weile der Grenze. Dann bremste er überrascht ab, weil ihm plötzlich und ohne erkennbare Scheu ein Hase über den Weg gehoppelt war, dem weitere Hasen folgten, verblüffend viele Hasen. Offenbar war Polt in ein geselliges Zusammensein geraten, dessen Anlass ihm verborgen blieb. Auch gut, wenn es die Tiere nur nett miteinander hatten. Nach wenigen Metern war er wieder für sich allein, lenkte sein Fahrrad talwärts und dann, im ebenen Land, auf eine Gruppe von Bäumen zu. Die Dunkelheit war hier schon sehr dicht, und nur eine kleine, helle Fensteröffnung schaute Polt entgegen. Dahinter wartete jemand auf ihn und wollte ihm etwas erzählen.

„Simon Polt! Finden Sie nicht auch, dass unser Treffen etwas Verschwörerisches hat?"

„Ja, schon."

„Und es wird uns auch niemand stören beim Austausch rabenschwarzer Gedanken. Nehmen Sie doch Platz. Ich hol was zu trinken." Seidl verschwand in der Tiefe, kam wieder und ließ Weißwein in die Gläser laufen. „Kosten Sie, Herr Polt! Kommt Ihnen der bekannt vor?"

Polt schaute, schnupperte, schmeckte, trank. „Jetzt haben Sie mich verwirrt, Herr Seidl. So halbwegs kenn ich mich ja aus, hab einige Jahrzehnte Zeit gehabt, zum Lernen und Probieren. Aber der da ... eine neue Sorte?"

„Im Gegenteil, eine ganz alte, vor vielen Jahren aber typisch fürs Weinviertel gewesen. Das ist ein Grüner Portugieser, schlicht, ehrlich, bodenständig. Hat sich vermutlich aus dem Grauen Portugieser entwickelt. Und dann gibt's noch, um die farbliche Verwirrung vollständig zu machen, die Rebsorte Weißer Portugieser, ziemlich unfein auch als Weiße Gaißdutte bekannt. Hat aber mit dem Wein in Ihrem Glas nichts zu tun. Wie auch immer: Alte, vergessene, auch gering geschätzte Rebsorten passen für mich einfach ins Konzept. Es ist was dran an Neuzüchtungen, gar kein Zweifel: Ertragssicherheit, Widerstandsfähigkeit, Unabhängigkeit von Boden und Lage. Aber ich will nur Autochthones."

„Was?"

„Reben, die hier im Weinviertel schon sehr lange ihre Heimat haben – und nur hier. Dieses lange Miteinander von Klima, Landschaft, Boden und Natur bringt meiner Meinung nach Verbundenheit, Kraft und Harmonie zuwege. Und das schmeckt man. Selbstverständlich gibt's mehr Risiko, Ungewissheiten und viel Arbeit – und zwar das ganze Jahr über. Ein Abenteuer, immer wieder frisch gewagt, mein Lieber! Und zwar eines mit faszinierend ungewissem Ausgang. Für die anderen Weinbauern gibt es eintönige Arbeitsabläufe, komplizierte Spielereien und erwartbare Ergebnisse. Für mich viel zu fad. Ja, und natürlich geh ich's biologisch an, aber nicht unter der Knute eines Amtes namens Demeter oder so. Meine Regeln sind von mir. Ich dünge organisch, soviel meine glücklichen Schweine hinter sich lassen, in meinen Weingärten wachsen Klee, Kräuter und Blumen, und wenn dann die Lese beginnt, bin ich erst recht heikel. Nur ganz reife Trauben kommen in die Butte. Das heißt, dass in jedem Weingarten mehrmals geerntet wird. Und der Lohn dieser Mühe: Herrlich bernsteinfarben rinnt der Most für den Weißwein aus der Presse. Aber zuvor gibt's noch jede Menge Handarbeit. Sehen Sie die alte Weintraubenmühle da hinten, Herr Polt? Sogar die ist mir zu neu und zu technisch. Ich nehm dafür eine Art Sieb, das Rebelgitter, ganz zart, fast möcht ich sagen, zärtlich wird gerebelt. Von wegen zärtlich: Wissen Sie, warum ich so viel rede? Damit ich nicht von der Laura reden muss und von mir."

„Aber es muss dann doch sein, oder?"

„Ja. Dass ich mich dazu berufen gefühlt habe, die Laura als Schutzengel zu umfangen, zu stützen und durch die Welt zu tragen, hab ich ja schon erwähnt. Ohne jeden erkennbaren Erfolg übrigens. Juristen nennen das einen Versuch mit untauglichen Mitteln am untauglichen Objekt. Übersetzt: Ein Impotenter möchte eine Wäschetruhe vergewaltigen. Außerdem sind Schutzengel drittklassig in der Hierarchie der himmlischen Heerscharen."

„Wie das?"

„Na, die Sorte Seraphim, Cherubim und so weiter sind himmlischer Hochadel, dann gibt's noch nicht ganz so hohe höhere Wesen, dann kommt lange nichts, und am Schluss flattern ein paar gefiederte Gestalten im Nachthemd als himmlische Dienstboten durch die Gegend. Und jetzt frage ich Sie, Herr Polt: Was fängt eine strauchelnde Heilige angesichts gottgleicher Eltern mit einem drittklassigen Engel an? Na gut, ich war ihr schon recht nahe, weil ich mich gut in Menschen hineinversetzen kann, und der Laura hat es auch gefallen, dass sie jemand nicht nur gütig annimmt, sondern auch kritisch ist, zurechtweisend, anspornend. Als ich vor gut vier Jahren zurück ins Wiesbachtal gekommen bin, war die Laura gerade Winzerkönigin: sehr jung, frisch und verblüffend kompetent. Hab ich sie eben angesprochen und ihr gesagt, dass sie unter all den gekrönten Hohlkörpern eine höchst erfreuliche Ausnahme ist – und gleich einmal von meinem kellertiefen Weinprojekt erzählt. Sie hat aufmerksam zugehört und dann gemeint, dass es vielleicht sinnvoll wäre, mich mit ihren Eltern zusammenzubringen. Seit damals gibt es zwischen mir und der Familie Eichinger einen regen Austausch von Gedanken und Ideen. Wir werfen einander Bälle zu, zücken die Florette oder dreschen auch mit Zwiehändern aufeinander ein, stets mit Respekt und herzlicher Hinwendung. Auch mit der Laura war's weiterhin erfreulich und bereichernd. Irgendwann sind wir darauf gekommen, dass sie und ich ein paar spannende Jahre vor uns haben: Sie wird erwachsen und ich suche meine Zukunft in der Vergangenheit. Ich habe dann vorgeschlagen, dass unsere Wege von Zeit zu Zeit einander berühren sollten. Es ist eine Art Spiel daraus geworden: Zwölf Mal im Jahr gibt es ein Zusammentreffen, und dann wird erzählt, verglichen und diskutiert, werden Pläne geschmiedet. Klingt anstrengend, war aber meistens herzerwärmend und schon sehr wichtig für uns beide, trotz der Probleme, die eben auch dazu gehörten. Da war schon so etwas wie gegenseitige Wertschätzung, aufrichtiges Interesse, Sympathie. Die Laura hat mich durchaus auch gemocht. Aber ansonsten hat sich ihr Faible für nicht mehr ganz so junge Männer in engen Grenzen gehalten."

„Waren Sie womöglich gar verliebt in die Laura?"

„Ich? Ein geschlechtsloses, körperloses Himmelswesen? Offenbar war ich auch als solches eine Fehlkonstruktion: Ja, Herr Polt, ich habe sie geliebt und unverschämt heftig begehrt. Aber wohlerzogen und verantwortungsvoll, wie ich bin, hab ich das nie ausgelebt. Nur an diesem Sonntag ... Sie wissen schon ... die Laura war irgendwie abgehoben, vielleicht hat sie was genommen, ich war traurig, weil nie etwas werden durfte und konnte mit uns. Wir haben ziemlich viel getrunken und irgendwann ist es mir dann passiert: Ich liebe dich, Laura. Sie braucht ja keine Angst zu haben, dass sich was Konkretes daraus entwickelt ... aber so ganz theoretisch und andeutungsweise von ihr geliebt zu werden – und schon wär ich der glücklichste Mensch der Welt. Sie hat ein bisserl geweint, ihre Hände auf meine Hände gelegt und gesagt, dass sie darüber nachdenken wird."

„Na also!"

„Nichts da. Das war die entschiedenste Ablehnung, zu der sich ein Wesen wie sie durchringen hat können."

„Und weiter? Ich meine, wenn Sie's mir erzählen wollen ..."

„Ich will. In den Jahren zuvor hat sich in mir ein geradezu biblischer Zorn gegen alle Männer aufgestaut, die ihr viel näher gekommen sind, als ich es mir je erträumen konnte, widerlich nahe. Jeden von denen hätte ich mit Vergnügen vierteilen können, in Fetzen reißen und den Geiern zum Fraß vorwerfen. Endlich, an diesem Sonntagabend, hat der Schutzengel Peter Seidl demissioniert und stand fortan als gefallener Engel im Dienste Luzifers. Sie hat dann in die Kellergasse müssen, diese Einladungen in die Weinlounge verteilen. Später bin ich auch dorthin und hab gesehen, wie sie von den Burschen um den Gonzo abgeschleppt worden ist. In diesem Augenblick, Herr Polt, hab ich die Laura gehasst, ihr alles Schlechte herzlich gegönnt. Viel Vergnügen, du Luder, hab ich gedacht."

„Und keine Sorge, dass ihr was passieren könnte?"

„Es war mir scheißegal."

„Und tags darauf auch noch?"

„Sie ist mir gleichgültig geworden. Und es ist ja nicht nur mir so gegangen mit ihr."

„Aber wie ich Ihnen gesagt hab, dass sie tot ist ..."

„... ist meine hoffnungslose Liebe über mich gekommen wie ein schwarzer Wasserfall. Fast wär's aus gewesen mit mir, an diesem Abend."

„Und jetzt?"

„Die Flügel sind verbrannt. Luzifer will mich auch nicht mehr haben. Ich bin nur noch ein Weinbauer mit schlechtem Gewissen."

„Der auch einmal lügen darf?"

„Natürlich. Sie ahnen nicht, wie sehr ich das genieße."

Blumen für Polt

Als Polt am nächsten Morgen aufwachte, fragte er sich, ob er nicht auch schon zuvor wach gewesen war, in einer anderen Wirklichkeit zwar, aber in einer, die ihn umfangen hatte und nicht loslassen wollte. Er versuchte sich zu erinnern, wusste aber nur noch, dass er zu schreien versucht hatte, aber nicht schreien konnte und dass ihn diese qualvolle Stille ins Morgenlicht gestoßen hatte. Polt schloss die Augen, öffnete sie, weil er nicht wieder einschlafen und weiterträumen wollte, und erblickte in einer kleinen Mulde seinen Kater, der es sich am Fußende des Bettes wohnlich eingerichtet hatte. „Getrennte Schlafzimmer, mein lieber Grammel! War doch so ausgemacht zwischen uns. Na gut, selbst schuld, wenn ich die Schlafzimmertür offen lass." Polt stand träge auf, griff nach dem warmen, sachte atmenden Mitbewohner und setzte ihn auf den Boden. „Aber dass du die Stufen in den ersten Stock hinauf geschafft hast – alle Achtung." Dann schaute er auf die Uhr. Was? Schon halb neun, und das Kaufhaus Habesam hat noch nicht geöffnet ... gleich darauf hörte er heftiges Klopfen an der Ladentür, schlüpfte rasch in den Morgenmantel, ging eilends nach unten, sperrte mit nervösen Händen auf und sah vor der Tür eine haltlos schluchzende Mira Martell.

„Ja, was ist denn mit Ihnen los, Sie Ärmste?"

„Sie haben mir einen großen Auftritt verpatzt, Sie Rüpel, Sie Flegel, Sie ungeschlachter, widerwärtiger Mensch, Sie!" Sie trat mit dem Fuß gegen die Tür. „Jetzt hab ich mir auch noch wehgetan. Und Sie sind schuld."

„Na, na! Kommen S' herein. Wenn uns so jemand sieht!"

„Auch schon egal." Frau Martell trat ein, warf den Kopf in den Nacken und schleuderte ein großes, in weißes Papier gehülltes Paket zu Boden. Jetzt erst bemerkte Polt, dass sie so gekleidet war, wie er sie nachts in der Kellergasse gesehen hatte. „Wieder diese Kamelfrau?"

„Kameliendame. Sie sind ein hoffnungsloser Fall, mon cher Polt." Jetzt lächelte sie.

„Na gut, ich hab verschlafen." Zufällig fiel sein Blick auf den Kalender. „Aber heute ist Mittwoch, liebe Frau Martell."

„Ja und?"

„Mittwoch hat alles zu im Wiesbachtal. Der Tag ist uns irgendwie zu viel, also kümmert sich keiner um ihn. Haben Sie das noch nicht bemerkt?"

„Nein. Wo ich doch meist allein in meinem einsamen Häuschen vor mich hin lebe. Sperren Sie also zu, Sie verhinderter Gemischtwarenhändler, und versuchen Sie einen halbwegs ansehnlichen Mann aus sich zu machen. Ich warte hier einstweilen, ja?"

„Jawohl."

Als Polt wiederkam, geduscht, rasiert, frisiert und sehr deutlich nach einem Rasierwasser riechend, das schon zu Frau Habesams Zeiten von gestern gewesen war, fasste ihn die Schauspielerin wohlwollend ins Auge und schnupperte beglückt. „Herrlich! So haben die Schlurfs in den 70er Jahren gerochen. Eine gute Handvoll klebrige Frisiercreme im Haar würde auch noch passen. Aber lassen wir das Theater. Ich wollte mich einfach bei Ihnen bedanken, und zwar so, wie es eben meine Art ist. Und das hier, mein Lieber, ist für Sie."

„Blumen?"

„Kamelien, und zwar rote. Die anämisch weißen gehören in die erste Lebenshälfte, die blutvoll roten in die zweite, und diese betrifft uns beide wohl eher. Das sind Kunstblumen aus meinem noch immer reichhaltigen Requisitendepot. Frische Blüten gibt es nämlich erst wieder im Jänner."

„Ja danke! Und wofür bekomm ich die?"

„Für mitfühlendes Zuhören, behutsame Zurechtweisung und barmherziges Schweigen. Das alles hat mir die Kraft gegeben, mit Marietta Eichinger zu reden."

„Sie hat es mir erzählt."

„Die verdienten Ohrfeigen habe ich gerne hingenommen. Fortan helfe ich, so gut es geht, aber nur dann, wenn ich wirklich gebraucht werde. Bedrückt bin ich noch immer, aber nicht mehr bleischwer niedergedrückt. Nur eben auch ein bisschen fertig mit den Nerven, wie Sie vorhin gesehen haben. Wie geht's denn Ihnen so?"

„Gemischt. Wenn wir wissen, was mit der Laura wirklich los war, wird's leichter werden, so oder so. Am Sonntag kommen meine Frau und die Kinder heim. Ach was, fast schon erwachsen, die Anna und der Peter."

„Kinder ... daraus ist bei mir nichts geworden."

„Warum? Oder geht mich das nichts an?"

„Doch, doch! Die Mutterrolle wäre wohl die schwächste in meinem Repertoire geworden. Und das wollte ich niemandem antun. Ich verlasse Sie jetzt, Herr Polt, und werde mich schleunigst umziehen, bevor mich die Wiesbachtaler in eine geschlossene Anstalt einweisen lassen."

Sonntag ... nur ein paar Tage noch ... es war auch schon höchste Zeit dafür, dass wieder mehr Leben im Hause Habesam war. Polt schaute sich prüfend in der Gemischtwarenhandlung um, fand, dass die herrschende Unordnung durchaus in Ordnung war, und ging dann in den ersten Stock, um zu überprüfen, ob sein Junggesellendasein Spuren hinterlassen hatte. Na klar: Haare im Waschbecken! Das konnte Karin so gar nicht leiden. Und der Badezimmerspiegel musste geputzt werden. Die Küche war unbenutzt geblieben. Im Schlafzimmer war einiges zu tun, aber alles in allem ... in Polts Augen war das traute Heim durchaus wohnlich geblieben. Aber man konnte ja nie wissen, wie eine Frau das sah. Ach ja ... irgendein Willkommensgruß wäre schon nett ... nachdenklich kehrte Polt in die gemischte Warenhandlung zurück, stieß aber einen leisen Piff aus, als er Frau Martells Trockenblumenstrauß auf dem Boden liegen sah. Mit Bedacht suchte er dazu eine giftgrüne, tonnenförmige Plastikvase mit dekorativen Noppen aus dem Sortiment und stellte das Arrangement auf Karins Nachtkasten. Dann hörte er das Telefon läuten und lief nach unten. „Ja, Polt?"

„Grabherr. Also, mein Lieber: Ich habe schon mit Herrn Goldinger reden können. Ein recht passabler junger Mann, möchte übrigens Lehrer werden."

„Ausgerechnet."

„Na, die Geschichte mit den Gruftis ist ihm und den anderen eigentlich längst schon fad geworden. Aber die Freunde von damals sind immer noch gerne beisammen. Als sie von diesem Herbstzauber in Burgheim gehört haben, sind sie dorthin aufgebrochen. War dann feuchtfröhlich, wie immer, und weil der Friedhof ja gleich neben der Kellergasse ist, wollten sie die alten Gebräuche noch einmal aufleben lassen. Das war's auch schon im Großen und Ganzen."

„Und die Laura?"

„Hat keiner gesehen und dem Werner Goldinger wär so ein Zusammentreffen auch peinlich gewesen, hat er mir gesagt, weil er sich damals ziemlich herzlos benommen hat. Ist sich halt urcool vorgekommen dabei."

„Und der Allerseelentag?"

„Das ist jetzt das Seltsame: Er war völlig überrascht und hat mir versichert, dass er und seine Freunde nichts damit zu tun haben. Es gibt sogar ein Alibi dafür. Aber wer war's dann? Der Werner Goldinger hat dann herumgeredet und schließlich gemeint, dass es schon noch so etwas wie eine extremere Gruppe gegeben hätte. Er weiß nichts Näheres, kennt nur Gerüchte. Außerdem glaubt er, dass es auch diesen Burschen längst langweilig geworden ist. Andererseits, hat er hämisch grinsend hinzugefügt, ist das Wiesbachtal ja mit allem gut zehn Jahre zurück. Jetzt fragt es sich natürlich, wie wir in der Sache weiterkommen. Sie kennen doch diesen Benni, den Benjamin Rehhaupt, Herr Polt. Könnten Sie ihn und seine Freunde einmal fragen, ob sich in der Richtung was tut, ob sie diese Gruppe kennen? Die kennen die Szene ja besser als wir alle miteinander."

„Fragen kann ich ja. Aber ob die mit mir reden wollen?"

„Viel Glück jedenfalls! Ich werde übrigens bald einmal mit dem Kollegen Priml zur Frau Hahn aufbrechen. Wenn wir uns dort so halbwegs eingenistet haben, ruf ich wieder an."

„Ja bitte!"

Grabherrs zweiter Anruf kam gegen Mittag. „Wir sind da, Herr Polt, wohlauf, soweit es die Umstände erlauben, und Frau Hahn beweist erstaunlich gute Nerven. Übrigens sind Sie zum Mittagessen eingeladen, soll ich ausrichten."

„Bin schon unterwegs."

Kaum eine Viertelstunde später lehnte Simon Polt sein Fahrrad an den Gartenzaun von Grete Hahns kleinem Haus und ging gleich einmal in die Küche. Schließlich war er dort seit vielen Jahren so gut wie daheim. „Hallo, Grete!" Er klopfte seiner alten Freundin, die am Herd stand, auf den Rücken und setzte sich an den Tisch. Bastian Priml war seit dem letzten Zusammentreffen erschreckend abgemagert. Er zwang sich zu einem Lächeln. „Guten Tag, Herr Polt! Sosehr ich es zu schätzen weiß, was Herr Grabherr, Sie und vor allem Frau Hahn für mich tun – warum die Umstände?" Er zeigte auf das Glas Rotwein vor sich. „Ein Cabernet Sauvignon vom Eichinger. Die pure Vergeudung. Ich habe ja gleich gesagt, dass es für mich auch der billigste Fusel tut, Hauptsache, er wirkt."

Grete Hahn schaute über die Schulter zu den Männern hin. „Wenn in meinem Haus gesoffen wird, hab ich gesagt, dann auf höchstem Niveau. Und wenn hier ein Mann zugrunde geht, dann mit Stil."

Priml senkte den Kopf. „Und genau daraus wird nichts werden. Ich hoffe nur noch, dass dieses entwürdigende Schauspiel bald einmal ein Ende hat."

„So wird das wahrscheinlich nicht gehn, Herr Priml. Den Bruno Bartl haben Sie gekannt?"

„Ich kann mich ungefähr erinnern."

„Der hat wenigstens gerne gesoffen. Aber auch das hat nichts daran geändert, dass er viele Jahre lang, was sage ich, Jahrzehnte, krank, verwirrt und sinnlos damit leben hat müssen, nicht sterben zu können. Nach und nach ist er sich selbst fremd geworden, am Schluss nur noch ein armseliger Haufen voller Angst und Verzweiflung, auch im ärgsten Rausch."

„Wollen Sie mir Angst machen, Herr Polt? Geht nicht. Ich bin längst schon so weit, wie der Bartl am

Schluss war. Anderseits ...", er grinste trübsinnig, "hat die Frau Hahn schon auch Recht: Dass der Rotwein hier Klasse hat, erkenne ich gerade noch, und in dieser freundlichen Küche trinkt es sich um einiges idyllischer als im Elefanten. Also Prost, meine Herrn. Aber Sie trinken ja gar nichts. Sollte ich Ihnen die Lust darauf verdorben haben?"

Polt hob unwillig den Kopf. "Zynismus bringt uns nicht weiter."

Walter Grabherr war aufgestanden. "Selbstmitleid auch nicht, Herr Kollege Priml. Ich muss jetzt zurück in die Dienststelle. Wenn Sie mich brauchen, Frau Hahn, Anruf genügt!"

"Danke, Herr Ordnungshüter. Und damit komme ich endlich zum Wesentlichen. Was gibt es heute zum Essen?"

Polt schnupperte. "Riecht jedenfalls fantastisch, Grete."

"Jede andere Antwort hätte mich beleidigt, Simon. Also: Eintopf vom Hasen."

"Und die Schrotkörndeln vom Wolfinger!"

"Klar. Er probiert's noch immer bei mir, der alte Depp. Aber solange er mich mit Wild versorgt und das Wild ungleich jünger ist als er, soll es mir recht sein. Aber lass mich weiter berichten: Das edle Tier dünstet mit Knoblauch, Kräutern und Kohl vor sich hin, Karotten, weiße Rüben, Lauch und Zwiebel kommen dazu, nicht zu vergessen Fenchel und Stangensellerie. Das gibt eine sehr ordentliche Suppe und danach kommt das Fleisch mit dem Gemüse auf den Tisch. Dauert aber noch ein bisschen."

"Soll mir recht sein, ich kann warten." Polt zeigte auf den grünen Ordner auf dem Tisch. "Der Tod von der Laura, Herr Priml?"

"Ja."

„Haben Sie schon gelesen?"

„Hab ich, lieber Herr Polt. Und dazu den Rotwein ihres Vaters getrunken. Grotesk, wie? Was soll ich sagen? Eine furchtbare Geschichte, geradezu unerträglich. Wem soll es eigentlich nützen, wenn noch mehr ans Licht kommt?"

„Die Eltern wollen Gewissheit, der Vater vor allem. Es kann ja nicht sein, dass ein Leben sich so einfach in nichts auflöst, ohne dass sich jemand die Mühe macht zu begreifen, wie es geschehen ist. Und vielleicht gibt es nachher auch weniger Gleichgültigkeit zwischen den Leuten."

„Amen. Na gut, kann ich nachvollziehen. Dann gehört aber auch alles dazu, was in den letzten Jahren getan und unterlassen wurde, damit es so weit kommen konnte. Nach alldem, was ich zwischen den Zeilen dieses deprimierenden Aktenbündels zu erahnen glaube, geht es dabei um Menschen, die irgendwas von diesem Mädchen wollten. Das war offensichtlich leicht zu bekommen, und anschließend war die Laura nicht mehr interessant. Aber wie wollen wir zwei mit der Geschichte umgehen, Herr Polt? Ich als rapid verblödender Säufer und Sie als fast schon vergessener Gendarm, ein alter Mann ohne Befugnisse?"

Grete Hahn gönnte sich ein kleines, herzloses Gelächter. „Da hilft nur eines, meine Herren: Zahnarzt."

Polt starrte sie ungläubig an. „Was soll denn das jetzt wieder?"

„Na, bohren, Simon, darin warst du doch schon immer gut. Bohren, bis es wirklich wehtut und die Wurzel zur Behandlung freiliegt."

„Hoffentlich find ich den Bohrer."

„Vielleicht schneller, als du glaubst. Und jetzt wird gegessen. Ich hol die Suppe."

Polt schaute verstohlen in die Runde. Seltsam, diese Mischung aus duftendem, dampfendem Behagen und verzweifelter Ratlosigkeit. Bastian Priml starrte eine Weile auf den Suppenteller und versuchte dann zu essen. Aber der Löffel fiel ihm aus der zitternden Hand. Starr und hilflos saß er da, Jacke und Hemd voll nasser Flecken. Er schob den gefüllten Teller von sich. „Ich kann dieses Geschenk nicht annehmen, liebe Frau Hahn, lieber Herr Polt, weil ich damit nichts anzufangen weiß. Ich kann nur noch alles verpatzen. Zum Teufel mit mir. Na ja, vielleicht fällt mir auf dem Weg dorthin ja doch noch eine Abkürzung ein."

„Ja freilich." Polt war übergangslos wütend geworden. „Mit Ihnen, Herr Priml, ist es so weit gekommen, weil sich ein Mensch, dem Sie helfen wollten, umgebracht hat. Und jetzt denken Sie darüber nach, wie Sie mir dasselbe antun könnten. Danke herzlich! Ich geh jetzt."

Nachtlicht

„Herr Polt!"

„Ja?"

„Ich darf Sie nicht so gehen lassen. Nichts gibt mir das Recht dazu. Bitte bleiben Sie."

„Wozu soll das gut sein?"

„Wir müssen wenigstens versuchen anzufangen."

„Wie?"

„In diesem Akt sind nur die polizeilichen Ermittlungen dokumentiert. Berichten Sie mir bitte von allen Gesprächen und Begegnungen, die Sie hatten. Und lassen Sie mich möglichst farbig alle Menschen kennenlernen, die eine Rolle spielen oder spielen könnten."

„Das klingt schon mehr nach Bastian Priml."

„Das täuscht. Trotzdem: Versuchen Sie nichts auszulassen. Ich habe Zeit. Und Wein."

Simon Polt tat sein Bestes. Er konnte sich nicht daran erinnern, je in seinem Leben so viel geredet zu haben. Doch schließlich fiel ihm beim besten Willen nichts mehr ein.

„Danke, Herr Polt." Priml schaute auf seine Notizen. „Verdammt, das soll meine Schrift sein? Na ja, gerade noch lesbar für mich. Ein paar Fragen noch: Glauben Sie, dass unser Mädchen dem Peter Seidl jemals wirklich wichtig war?"

„Schon. Er hat ihr ja Gutes tun wollen."

„Doch nur, um sie zu binden."

„Aber er hat sie geliebt, sagt er ..."

„Als frischen, klaren Spiegel für seine zunehmend eingetrübte Selbstgefälligkeit. Am Ende bleibt nur noch die Laura als Objekt der Begierde übrig. Damit war er aber nicht allein. Und die ewige Liebe hatte ja auch ein sehr knappes Ablaufdatum."

„Ja, schon."

„Und jetzt zu Benni und diesem Porno-Dreh in der Burgheimer Kellergasse: Sie haben ihm ja davon erzählt?"

„Um die Stimmung aufzulockern. War ja ein recht schwieriges Gespräch damals."

„Was haben Sie gesagt?"

„Lassen Sie mich nachdenken ... also gefragt, ob er von den Dreharbeiten in der Kellergasse was mitbekommen hat. Er hat ganz verblüfft reagiert, vielleicht auch erschrocken. Dann hab ich ihm Näheres gesagt und ihm hat's leidgetan, dass er das versäumt hat."

„Und die Geschehnisse nach dem Kameradschaftskeller? Glauben Sie, dass Benni die ganze Wahrheit sagt?"

„Viel bleibt ihm nicht mehr zum Lügen übrig. Außerdem stimmt er sogar mit denen überein, die ihn verprügelt haben."

„Vielleicht gibt es ja dennoch gemeinsame Interessen zu wahren? Ah ja, und noch was: Auch wenn es schwerfällt, wir müssen uns überlegen, welche Rolle Marietta Eichinger spielen könnte. Sie hat Peter Seidl Ihnen gegenüber mit keinem Wort erwähnt, obwohl er doch ein Freund der Familie war und ihr seine Beziehung zur Laura bekannt sein musste. Ist das so abwegig: Mutter und Tochter, zwei Frauen messen ihre Kräfte aneinander? Und der Mann zwischen ihnen, könnte er nicht Peter Seidl heißen? Er hat doch einmal Herrn Eichinger als ‚Freund und Rivalen' bezeichnet, haben Sie erzählt."

„Verdammt, ja."

„Und jetzt zum Friedhof samt Inventar. Warum sollten Gruftis oder Satanisten dieses Wollpüppchen kreuzigen und verbrennen?"

„Immerhin eine Art Götterbote."

„Wer Gott ordentlich schmähen will, hält sich an den Chef und nicht an die Laufburschen. Ja, und dann noch: diese Mira Martell. Ist sie wirklich gut als Schauspielerin?"

„Für mich schon."

„Verteufelt gut?"

„Kann auch sein."

„Das war's auch schon, mein Lieber."

„Herr Priml! Ihr Glas ist seit einer halben Stunde leer."

„Keine Sorge, das hol ich nach."

Polt hatte wenig Lust, den Nachmittag allein in seinem Haus zu verbringen. In Burgheim angekommen, bremste er vor dem Hof der Familie Höllenbauer. Das große Tor war unversperrt, dahinter saß eine schwarze, eher unförmige Hündin, bellte verdrossen und lief auf Polt zu. „Na, Fanny, was ist?" Die Eingangstür zu den Wohnräumen war versperrt. Niemand da also, aber offensichtlich nur vorübergehend. Vielleicht konnte er ja in der Kellergasse fündig werden.

Tatsächlich sah Polt etwa auf halber Höhe neben der geöffneten Presshaustür einen ihm wohlbekannten hellblauen Lieferwagen stehen.

Im Presshaus fand er Ernst Höllenbauer vor, der weiße Weinkartons zu einem ordentlichen Stapel schlichtete.

„Ernstl, mein Freund! Freut mich aber, dass du ausnahmsweise einmal fleißig bist, noch dazu an einem Mittwoch."

„Ah, der Simon! Muss sein. Am Wochenende bricht bei uns der ‚Tag der offenen Kellertür' aus. Da kommen schon Gäste, sogar im November. Magst was trinken?"

„Nein, danke, das erledigt derzeit aufopfernd der Bastian Priml für uns alle."

„Du hast erzählt. Was macht er denn jetzt, ich meine, außer trinken?"

„Sitzt in der Küche von der Grete Hahn. Meine Idee. Ob's eine gute Idee war, muss sich erst zeigen. Jedenfalls ist er dort besser aufgehoben als in Breitenfeld."

„Gut für so einen, wenn's noch Freunde gibt. Und jetzt komm mit, ich will dir was zeigen."

Auf einer kleinen Anhöhe neben dem Presshaus stand eine hölzerne, grün gestrichene Ruhebank. „Nimm bitte Platz, Simon."

Polt ließ sich nieder und stellte gleich darauf fest, dass er zu seiner nicht geringen Überraschung auf einem ausnehmend sprachbegabten Möbelstück saß. „Grüß Gott und danke, dass Sie auf mir Platz genommen haben", hörte er die Ruhebank sagen. Dann erzählte sie vom Wiesbachtal, den Kellergassen und der dunklen Welt darunter. Polt hörte eine Weile zu, dann stand er auf und das Sitzmöbel verstummte. „Was ist denn das, Ernstl?"

„Ein Kunstobjekt. Steht seit dem Weinviertelfestival da. Eine Künstlergruppe – Machfeld hat sie geheißen – wollte damit der grassierenden Sprachlosigkeit unter den Menschen wenigstens mit einer Ruhebank begegnen, die jedem, der auf ihr sitzt, was erzählt. Gefällt mir irgendwie."

„Mir auch. Sag einmal, ist dir die Mira Martell ein Begriff? Hat oben in der Kellergasse ein Presshaus."

„Na klar, die Schauspielerin."

„Wär die nichts für dein Kunst- und Kulturprogramm?"

„Vielleicht ... aber die ist doch eher altmodisch und konventionell."

„Wenn du dich da nur nicht täuschst."

„Dann red ich einmal mit ihr. Und jetzt komm mit in den Keller, damit du endlich wieder einmal ordentliche Holzfässer siehst und nicht nur dein Spielzeug."

„Mein Spielzeug ist wenigstens voll, im Gegensatz zu deinen Dekorationsstücken da unten."

„Hast ja recht. Und ich wollt dir auch nicht die Freude am Weinbau verderben. Entschuldige."

Ein paar gefüllte und genießerisch geleerte Gläser später hatte dieser Nachmittag unter der Erde Simon Polt dann doch mit einem Keller versöhnt, in dem der Wein zwar nicht mehr wohnte, aber immer noch zuhause war. Als die beiden Freunde wieder vor dem Presshaus standen, nahm Polt gerne die Einladung zum Abendessen an.

Erst gegen acht betrat er das Kaufhaus Habesam. Im Küchenbüro fand er nach längerem Suchen jenen Zettel, auf dem er irgendwann Bennis Handynummer notiert hatte, und griff zum Telefon. „Hallo, Benni! Der Polt. Ruf ich zu spät an?"

„Ach wo. Erst wenn's finster wird, beginnt das wahre Leben."

„Du, Benni, Folgendes: Ich tät gerne bald einmal mit dir, dem Gonzo und den anderen reden."

„Warum auf einmal?"

„Es ist so: Der Grabherr kommt nicht weiter in der Sache mit den Gruftis am Allerseelentag. Er hat gemeint, dass ihr euch bestimmt besser auskennt, in der Szene."

„Was diese Figuren angeht, nicht wirklich."

„Vielleicht fällt euch ja doch was ein, und wenn nicht, dann eben nicht. Wann seid ihr denn das nächste Mal zusammen im ehemaligen Milchhaus?"

„Dem Jugendheim? Am Freitag, nach sieben. Kommen Sie halt, Herr Polt. Aber vorsichtig sein, ja?"

„Warum?"

„Der Gonzo hat derzeit ziemlich dünne Nerven."

Am folgenden Morgen rief Grete Hahn an.

„Grete! Schlechte Nachrichten?"

„Mal den Teufel nicht an die Wand, Simon. Und red bitte leise. Ich hab einen kapitalen Kater."

„Und der Priml?"

„Dem geht es so, wie es seinesgleichen geht in der Früh. Ich glaub, der kniet gerade vor der Klomuschel und opfert dem Gott des Alkohols seinen Mageninhalt."

„Da hab ich dir was angetan, wie?"

„Ja, es war allerhand los. Aber der Priml ist wenigstens unter seiner üblichen Dosis geblieben, weil ich ihn abgelenkt habe. Erstaunlich, was sich so ein Mann von der Seele reden kann, wenn er einmal so richtig damit angefangen hat. Erst hab ich geglaubt, dass es ihm helfen wird, aber gleich darauf ist er umso tiefer ins schwärzeste Jammertal gerutscht. Eine abenteuerliche Achterbahn, Simon: verbogene Schienen auf einem morschen Gerüst. Aber dann war es doch so, als würde ihm dieser Irrsinn auch noch Spaß machen. Einmal hat er sogar gelacht. Zum Fürchten, sag ich dir. Und irgendwann, sehr spät oder sehr früh, wie man's nimmt, waren wir zwei ein Rausch und eine Seele."

„Komm mir ja nicht wieder in so was hinein, Grete!"

„In den unglückseligen Dauersuff, meinst du? Wer einen Bastian Priml bei sich zuhause hat, muss eher Acht geben, dass er kein Abstinenzler wird. Aber sonst kann ich für nichts garantieren."

„Wovon redest du?"

„Von Blödheiten aller Art. Lass dich überraschen. Aber noch was: Der Priml hat so eine Idee, und darüber möcht er mit dir reden – war wenigstens in der Nacht so. Noch ist mit ihm nichts anzufangen. Komm nach dem Mittagessen gegen zwei zu mir, Simon. Du musst ja nicht unbedingt dabei sein, wenn ich ihm die Suppe mit dem Teehäferl einflöße."

Als Polt in Grete Hahns Küche kam, saßen sie und Priml einträchtig am Tisch, vor sich den aufgeschlagenen Ordner mit den Unterlagen zu Laura Eichingers Tod. Priml blickte auf und wirkte eine Spur lebhafter als am Tag davor. „Tapfer, dass Sie sich hierher wagen, mein lieber Herr Polt. Was gibt's Neues?"

„Nicht viel. Ich hab mit dem Benni telefoniert. Freitagabend um sieben treff ich mich mit ihm und den anderen im ehemaligen Milchhaus."

„Au verdammt. Sieht wirklich so aus, als müsste ich was arbeiten. Oder wenigstens so tun, als ob. Also gut, Herr Polt, Sie sollen an meinen nächtlichen Hirngespinsten teilhaben: Wir können nicht an allen Fronten kämpfen, eigentlich können wir überhaupt nicht kämpfen. Aber wir tun es in drei Teufels Namen. Ich schlage vor, dass wir dort beginnen, wo sich am ehesten Erfolg einstellen könnte. Doch mehr als eine üble List fällt mir nicht dazu ein. Mit sehr viel Glück gewinnen wir das Spiel und der Rest fällt uns kampflos zu oder wird vom Kollegen Grabherr erledigt. Die zweite Möglichkeit: Es geht schief, und zur Serie meiner selbst verschuldeten Erniedrigungen kommt eine weitere dazu. Egal. Für Sie jedoch könnte die Sache damit enden, dass Sie mehr oder weniger beschädigt zu Boden gehen."

„Damit kann ich zur Not leben."

„Ein Held! Also: Sie brauchen nichts zu tun, nur das, was Sie ohnehin vorhaben. Es ist besser, wenn Sie jetzt keine Details kennen, weil Sie dann unbefangener auftreten. Rechnen Sie aber damit, dass Unvorhergesehenes geschieht, und verlieren Sie nicht die Nerven. Außerdem kann ohnehin noch vieles misslingen mit meinem großartig beschissenen Plan. Sie wissen ja, so manches, das in der Nacht kraftvoll und klar ausschaut, verkommt im Morgengrauen zu einem mehr als dürftigen Nebelfetzen. Aber meine Gastgeberin wird schon dafür sorgen, dass alles Hand und Fuß hat. Wie auch immer: Ich denke, dass wir keine andere Wahl haben. Übrigens ist mir zu später Stunde auch noch ein flammendes Menetekel erschienen."

„Mene... was?"

„Eine unheilverkündende Botschaft. Grete meint, dass es für mich doch einen Funken Hoffnung geben könnte, wenn sie mich begleitet: Entzug, und zwar bald. Für mich also einmal Hölle und zurück. Meiner Meinung nach werde ich die Rückfahrt nicht antreten. Aber Sie kennen ja dieses Weib mit seiner umfassenden Heimtücke und mit all den unwiderstehlichen Abgründen."

Grete Hahn kicherte boshaft: „Männer mit ihrem Hang zum großen Melodram! Es ist ganz einfach: Der Bastian und ich, wir schmeißen unsere zwei armseligen Restleben auf eins zusammen und kriechen auf allen Vieren in die Zukunft, ganz gleich, wie sie ausschaut. Aber das muss schnell gehen, bevor es für immer zu spät ist. Wir warten nur noch, wie dein Abenteuer ausgeht, Simon, dann reisen wir ab. Der Grabherr, der Gute, hat schon einen Therapieplatz besorgt. Bringt was weiter, der Mann."

„Und Sie wollen ein Auto lenken, Herr Priml, in Ihrem Zustand?"

Grete Hahn war hinter ihren Gast getreten und legte die Hände auf seine Schultern. „Ich fahre. Mein Führerschein ist alt, aber gültig, übrigens auch fürs Motorrad. Was sagst jetzt, Simon?"

„Wenig. Was du alles kannst!"

„Du würdest staunen, was noch alles."

Der Wein im Milchhaus

Schon am späten Nachmittag des folgenden Tages war der Gemischtwarenhändler Polt für seine Kunden nur noch unwillig zu haben. Nachdenklich durchschritt er die ausgedehnten Lagerräume, stöberte in den Regalen und füllte nach und nach die mitgebrachte Einkaufstasche. Schon gegen fünf verlor er vollends das Interesse an kaufmännischer Tätigkeit, versperrte die Ladentür und dachte nicht einmal daran, das Schild mit dem Hinweis „Vorübergehend geschlossen" aufzuhängen. Er verließ das Haus durch die Hintertür, befestigte die Einkaufstasche am Gepäckträger seines Fahrrads und näherte sich bald darauf der Kellergasse. Eine seltsame Mischung aus Angst und Vorfreude trieb ihn an. Als er schließlich vor seinem Presshaus stand, verharrte er kurz, neigte den Kopf, hörte sich seufzen, griff aber dann entschlossen zur Einkaufstasche. Er holte Werkzeug hervor und fing an, mit Schraubenzieher und Zange das kleine Kruzifix mit der nackten Gottesgestalt auf der grün gestrichenen Tür behutsam zurechtzubiegen. Als ihm das so halbwegs gelungen war, öffnete er eine Dose mit mattschwarzer Farbe, fand auf dem Boden ein passendes Stück Holz, rührte um, nahm den Pinsel zur Hand und überstrich die Spuren der Gewalt. Polt trat einen Schritt zurück, betrachtete sein Werk, nickte und griff zum Schlüssel.

Im Presshaus angekommen, kehrte er die Reste jenes Fetzens, den Benni brennend hineingeworfen hatte, auf eine Mistschaufel, die er draußen entleerte. Er hatte auch einen kleinen Kübel mit Löschkalk mitgebracht, goss ein wenig Wasser in den dickflüssigen, weißen Brei und ließ mit ein paar energischen Pinselstrichen die Rußspuren an der Wand verschwinden. Zu guter Letzt zog er einen alten Abreißkalender hervor, bekrönt von geprägtem Karton: In einem verwunschenen Garten pflückte eine Jungfer Blumen, nicht ahnend, dass Gott Amor auf sie zielte. Polt schaute sich prüfend um, fand einen passenden Platz und freute sich über eine neue Ära der Zeitrechnung. Endlich holte er Wein aus dem Keller, leerte gemächlich sein Glas, ging nach draußen und sperrte zu.

Als Polt gegen sieben das ehemalige Milchhaus erreichte, war Licht in den Fenstern. Er klopfte kurz, trat ein und sah Gonzo, Benni und die anderen um einen großen Tisch sitzen. Ringsum bedeckten Plakate mit martialisch wirkenden Musikern die Wände, ein paar ziemlich knapp bekleidete Frauen zwischendurch und ein Stück Packpapier, auf dem in großen Lettern „Fuck off!" zu lesen war.

„Abend miteinander! Nicht schlecht, euer Hauptquartier." Polt deutete mit dem Kinn auf den Spruch. „Und was heißt das hier?"

Gonzo grinste. „Verpiss dich."

„Versteh ich erst recht nicht."

„Geh scheißen."

„Ah ja, da weiß man wenigstens Bescheid. Ist für mich trotzdem ein Sitzplatz frei?"

In der Tischrunde öffnete sich eine Lücke. Benni holte einen Sessel.

Gonzo hob sein mit Rotwein gefülltes Glas. „Gebt's ihm was zum Trinken." Er lachte leise. „Was sag ich? Einmal Kieberer, immer Kieberer."

Polt trank einen kleinen Schluck. „Stimmt nicht. Ihr könnt euch gar nicht vorstellen, wie froh ich darüber bin, diese verfluchte Uniform nicht mehr anziehen zu müssen. Aber einfach wegschauen, wenn was Schlimmes passiert, kann ich nicht. Außerdem wär den Eltern von der Laura irgendwie leichter ums Herz, wenn sie wüssten, wie ihre Tochter ums Leben gekommen ist. Und für euch ist es ja auch besser, wenn die Gschicht ein End hat, nicht wahr?"

Gonzo lehnte sich zurück und verschränkte die Arme vor der Brust. „Der gute alte Polt! Mir kommen die Tränen."

„Hat mit Gutheit nichts zu tun. Also: Vertrauen gegen Vertrauen. Das erzähl ich jetzt nur euch und es bleibt bitte unter uns. Den Grabherr aus Breitenfeld kennt ihr ja ..."

„Zur Genüge."

„Wie soll ich sagen ... ich hab ja in dieser Nacht am Sonntag bewegte Lichter am Friedhof gesehen. Jetzt ist die Polizei auf einen Grufti gekommen, den Werner Goldinger."

„Na also."

„Die Sache hat einen Haken. Ich bin dann am Allerseelentag mitten in so ein Friedhofsspektakel geraten. Gleich darauf war der Spuk vorbei. Den Sonntag gibt der Goldinger zu. Mit Allerseelen will er aber nichts zu tun haben. Ein Alibi hat er auch. Und jetzt meint der Grabherr, dass euch vielleicht was einfällt dazu. Er hat mich angerufen, ob ich nicht mit euch reden könnte, weil ich ja mit dem Benni Kontakt hab. Kann mir jemand weiterhelfen?"

„Warum ausgerechnet wir?"

„Weil ihr euch besser in der Szene auskennt als alle anderen. Ich hab da überhaupt keine Ahnung. Vielleicht gibt es so was wie eine härtere Abteilung bei diesen Gruftis?"

„Sicher gibt's die."

„Was Näheres? Lasst's mich nicht hängen, bitte!"

„Nachdenken. Aber zuerst trinken wir, Herr Polt. Prost!"

Polt hob sein Glas und nippte.

„Trinken, hab ich gesagt. Ex."

„Im Ernst?"

„Wie sonst?"

Polt trank.

„Einen von denen kenn ich. War früher bei uns. Aber Freunde verrät man nicht."

„Seh ich ein. Irgendwelche Hinweise vielleicht?"

„Vielleicht …"

„Ja? Was?"

Auf eine Kopfbewegung Gonzos hin wurden die Gläser neu gefüllt. „Prost!"

„Demnächst lieg ich unter dem Tisch. Ein alter Mann hat so seine Grenzen."

„Prost und ex. So ist das bei uns. Oder …"

Polt seufzte vernehmlich und trank.

„Könnt gut sein, dass Sie den kennen, Herr Polt. Prost! Das hilft beim Nachdenken."

Polt hob resignierend sein Glas, bemerkte dann aber, wie Gonzo an ihm vorbei zur Tür hin starrte. Plötzlich war das kalte Grinsen aus seinem Gesicht verschwunden. Polt drehte sich hastig um und sah eine kleine, helle Gestalt. Sie schwankte, kam näher. Nasses blondes Haar hing wirr übers Gesicht, das Kleid klebte am Körper. Sie taumelte, richtete sich kraftlos auf, verbarg ihr Gesicht in den Händen, wandte sich unsicher zur Tür, stolperte ins Freie, fiel hin, blieb liegen, kam sachte in Bewegung, verlor sich im Dunkel.

Polt war erschrocken, blieb aber ruhig sitzen. Er schaute zu Gonzo hinüber: das große Gesicht fahl, die Augen starr und weit, die Lippen zitternd. Gonzo senkte den Kopf. Es dauerte quälend lange, bis er

Polt dann doch in die Augen schaute. „Was war das? Scheiß-Theater. Aber echt extrem."

„Und jetzt versteh ich was ganz und gar nicht."

„Na?"

„Passt das zu dir? Angst vor der Wahrheit?"

„Gleicht pickst an der Wand, Arschloch."

„Ist dir dann leichter?"

Gonzo stand langsam auf, ging auf Polt zu, ballte die rechte Hand zur Faust, hielt sie ihm vors Gesicht und versetzte ihm dann einen heftigen Schlag auf die Brust. „Nicht schlecht, Alter."

„Und? Was noch?"

„Game over."

Gonzo ging zu seinem Platz zurück und schaute kurz in die Runde. „Die Wahrheit, Herr Polt, zum Mitschreiben. Wir haben die Laura nicht umgebracht."

„Aber?"

„Spielen wollten wir. Keiner von uns hat ihr was tun wollen, ich sag, wirklich was tun."

„Und?"

„Es gibt da was im Netz: Cruel Movies, grausame Filme. Jemand wird ganz arg hergenommen, bis knapp an die Grenze. Schluss ist erst damit, wenn der Tod zum Greifen ist. Nur das gibt den echten Kick. Mit der Laura wollten wir so was durchziehen am Wiesbach. Der Benni war dagegen, also Abreibung. Wir haben sie wieder eingefangen und sind rasch ans Ufer mit ihr. Einer von uns hat oben in der Kellergasse den Ghettoblaster aufgedreht, damit die Leute abgelenkt sind. Urgestrig, so ein Kasten, aber immer noch gut, wenn's darum geht, so richtig Krach zu machen, lauter zu sein als die anderen. Dann haben wir die Laura unter Wasser gedrückt, einmal, zweimal, dreimal, sie zwischendurch ein paar Schnaufer machen lassen, wieder untergetaucht, bis sie fast hinüber war, und dabei mit den Handys gefilmt. Als wir die Funkstreife gehört haben, sind wir erschrocken, haben die Laura so halbwegs ans Ufer gezogen und sind auf und davon. Ein paar Minuten später waren wir wieder am Wiesbach. Keine Laura. Ganz große Scheiße."

„Und vorher war es euch egal, wie es dem Mädchen geht im eiskalten Wasser, in Todesangst?"

„Ziemlich. Sie war halt so. Mit ihr hat man's machen können. Und sie hat sich jedes Mal bald wieder erfangen."

„Diesmal nicht. Und der Allerseelentag?"

„Das waren wir. Wir wollten die ganze Sache den Gruftis anhängen. Was jetzt?"

„Ich geh dann."

Polt näherte sich schon dem Kaufhaus Habesam, als Primls VW Käfer neben ihm hielt. Grete Hahn war am Steuer. „Herein mit dir, Simon!"

„Was ist mit der Frau Martell? Ich hab sie am Schluss dann doch erkannt."

„Liegt zuhause in ihrem Bett. Der Grabherr und der Dr. Eichhorn sind bei ihr. Na, die ist eine, sag ich dir! Ausgemacht war, dass sie sich nur rasch nass macht am Wiesbach. Aber dieses verrückte Hendl ist doch wirklich ins Wasser gegangen. Als wir gekommen sind, war sie halb ertrunken, hat ihren Auftritt aber dann doch mit letzter Kraft geschafft, bevor sie zusammengebrochen ist. Erzähl, Simon, was war?"

Polt berichtete.

„Grausig. Dem Bastian war nur klar, dass der Gonzo und die anderen ganz nah an der Tragödie waren. Von diesen ‚Cruel Movies' hat er gelesen. Aber wie alles zusammenhängen könnte ... er hat eben hoch gepokert. Übrigens: Das Kleid der Frau Martell war wirklich jenes, das die Laura getragen hat, als sie gestorben ist. Die Marietta Eichinger hat es uns gegeben. Aber ich muss jetzt schnell zum Bastian, wer weiß, was der Saufkopf ohne mich anstellt."

„Kannst mich trotzdem noch vorher schnell zur Frau Martell bringen?"

„Klar!"

Das Tor war unversperrt, Polt ging zögernd ins Haus. Rings um ihn war es fast dunkel, nur aus einer halb geöffneten Tür kam Licht.

„Wer immer es ist: Nur herein, ich bin im Schlafzimmer!"

Polt trat ein. „Und da lassen Sie jeden hinein?"

„Und noch ein paar mehr. Sie wissen ja, wie das ist mit mir und dem Publikum."

„Großartig waren Sie, aber auch verdammt leichtsinnig und sehr, sehr dumm."

„Das kann ich Ihnen erklären. Ich musste doch wissen, wirklich wissen, wie sich das anfühlt: ins Wasser müssen oder wollen, im Wasser treiben, verzweifelt nach Leben schnappen zwischendurch und endlich die Freiheit, es nicht mehr ertragen zu müssen, sondern es geschehen zu lassen – vielleicht. Ich wollte gut sein, mon cher Polt. Bis zur letzten Konsequenz gut. Verstehen Sie?"

„Ja, leider. Und wenn Sie wirklich ertrunken wären?"

„Gibt's einen stärkeren Abgang?"

„Fangen S' nicht wieder an, mich zu ärgern." Polt nahm unwillig auf der Bettkante Platz und erzählte. Als er damit fertig war, setzte sich die Schauspielerin auf. Sie hatte nasse Augen. „Da, sehen Sie: Über dem Sessel hängt ihr Kleid."

„Werden Sie schlafen können?"

„Glaub ich schon. Ich kenn das vom Theater: Erst klingt noch die Anspannung nach, aber dann kommt sehr rasch die Erschöpfung."

„Ich geh dann. Gute Besserung, Mira."

„Haben Sie Mira gesagt?"

„Ist mir so herausgerutscht."

Draußen war es stockfinster, weit weg leuchteten klein und verloren die Dörfer. Polt stand ruhig da, dachte nach, malte sich ein paar Farben ins Schwarz und fühlte sich geborgen.

Herzlichen Dank an meine konspirativen Spießgesellen und unentbehrlichen Ratgeber, vor allem: Franz Enzmann, Edi und Elisabeth Himmelbauer, Franz Müllner und Judith Thoma, die uns das Gedicht auf Seite 97 f. geschenkt hat.

Alfred Komareks POLT-Romane bei HAYMONtb

Die ersten vier der legendären Polt-Krimis von Alfred Komarek jetzt bei Haymon Taschenbuch – von „Polt muß weinen", dem ersten Fall des Weinviertler Kult-Gendarmen, bis zu seinem Abschied aus dem Gendarmeriedienst in „Polterabend". Als Draufgabe lässt Alfred Komarek in Gesprächen jeweils am Schluss der Bände in die Welt seiner Ermittlerfigur, aber auch in seine Autorenwerkstatt blicken. Ein Muss für alle Polt-Fans und jene, die es noch werden wollen!

„Das schönste und treffendste Lob über Alfred Komarek ist sein Werk selbst."
Erwin Steinhauer

Alfred Komarek
Polt muß weinen
ISBN 978-3-85218-931-4
Taschenbuch
184 Seiten, € 9.95
erscheint im November 2015

Alfred Komarek
Blumen für Polt
ISBN 978-3-85218-943-7
Taschenbuch
192 Seiten, € 9.95

Alfred Komarek
Himmel, Polt und Hölle
ISBN 978-3-85218-944-4
Taschenbuch
200 Seiten, € 9.95

Alfred Komarek
Polterabend
ISBN 978-3-85218-945-1
Taschenbuch
192 Seiten, € 9.95

www.haymonverlag.at

Alfred Komarek
Zwölf mal Polt
Kriminalgeschichten
184 Seiten, € 9.95
HAYMON taschenbuch 147
ISBN 978-3-85218-947-5

Der Weinviertler Kult-Gendarm ist wieder im Dienst: Ein ertrunkener Japaner in der Kellergasse, Schüsse im Weinkeller – gleich zwölf neue Fälle für den trinkfesten Inspektor Simon Polt. Alfred Komarek schlägt mit seinem Gespür für Land und Leute einen Bogen von Polts ersten Tagen im Gendarmeriedienst bis zu seinem Leben als Ermittler im Ruhestand. Neue Begegnungen mit Polt und den Menschen um ihn – und nicht zuletzt mit Kater Czernohorsky.

„Komareks nur scheinbar gemütliche Welt hat Tiefen, die weiter reichen als die Weinkeller unter der Erde."
DER STANDARD, Ingeborg Sperl

www.haymonverlag.at